Lars Gebhardt
Die Reise zur grünen Fee

Das Buch

Es sollte eine gewöhnliche Städtereise nach Prag werden, um ein wenig Abstand vom Alltag in Hamburg zu gewinnen. Doch kaum in der tschechischen Hauptstadtangekommen, begegnet der Held dieser Erzählung nicht nur neuen Freunden, sondern auch trinkfesten Wassermännern, unglücklichen Jungfern, Teufelsmalern und schlussendlich der großen Liebe. Währenddessen muss er sich immer wieder seinem Schicksal stellen, welches ihm in Form einer grünen Fee begegnet. Erst in München werden ihm die Augen geöffnet und er weiß, was zu tun ist, damit der Zug in eine selige Zukunft nicht ohne ihn abfährt.

Eine Geschichte über Sehnsucht, Fernweh, Rausch, Glück und liebe vor der mystischen Kulisse der goldenen Stadt an der Moldau. Nicht mehr, aber eben auch keinen Deut weniger.

Der Autor

Lars Gebhardt wurde 1973 in Unna / Westfalen geboren. Er studierte Germanistik und Medienwissenschaften in Hamburg, wo er noch heute lebt und als Fotoredakteur arbeitet. Seit seiner Jugend schreibt er für diverse Musik-Magazine wie Ox, Mind The Gap oder Pankerknacker. In den 90er Jahren war Gebhardt Herausgeber und Chefredakteur des „Stay Wild" Fanzines. 2013 erschien sein Debüt-Roman „Ein Goldfisch in der Grube", dessen Nachfolger nun mit „Die Reise zur grünen Fee" vorliegt.

Lars Gebhardt

DIE REISE ZUR GRÜNEN FEE

Erzählung

Originalausgabe

Herstellung und Verlag: BoD – Books on Demand, Norderstedt
ISBN 9783739201108
© Lars Gebhardt 2015
Umschlaggestaltung Thorsten Spitz
Fotos: Lars Gebhardt / Tim Groothuis
Titelgrafik: Viktor Oliva, „Der Absinthtrinker", 1901
Grafik Rückseite: Edouard Manet, „Absinthtrinker", 1859

Bibliografische Information der Deutschen Nationalbibliothek
Die Deutsche Nationalbibliothek verzeichnet diese Publikation in
der Deutschen Nationalbibliografie; detaillierte bibliografische
Daten sind im Internet über www.dnb.de abrufbar.

Für Sylvie

Intro

Da saß ich also nun in der Küche einer Altonaer Studentinnen-WG und wusste absolut nicht, wie es mit mir weitergehen sollte. Nervös knetete ich meine Finger und starrte an die Wand. Doch die wollte mir einfach keinen gescheiten Rat geben, noch nicht einmal ordentlich ablenken wollte sie mich. Ich war innerlich zerrissen und dabei völlig hilflos. Verliebt und doch unglücklich. In meinem Kopf raste es, die Zeiger meiner Armbanduhr krochen aber nur sehr langsam dahin. Die Zeit wollte nicht vergehen. Ich kaute nervös auf meiner Unterlippe und schabte mit den Füßen auf glattgeschliffenem Parkettboden. Das musste einen ja ganz verrückt machen. Doch gab es eine andere Möglichkeit für mich, als der Dinge zu harren und abzuwarten? Wohl kaum. Ich hatte mich so weit hier reingehängt, jetzt musste ich damit auch umgehen. Das Schicksal lag nun nicht mehr in meinen Händen. Ich musste schauen, was es für mich bereithalten würde. Das ganz große Los oder einen Topf voller Nieten? Ich hatte Schmetterlinge im Bauch, konnte diese aber nicht fliegen lassen.

Hals über Kopf hatte ich mich in ein Abenteuer gestürzt, ohne an die Folgen zu denken. Wie mein weiteres Leben verlaufen sollte, konnte ich nicht mehr kontrollieren. Über meine nähere Zukunft entschieden jetzt andere. Erst dann könnte ich wieder sehen, wie es weitergehen würde mit mir und meinem Liebesleben. Hatte sich all das Balzen und Umschwärmen gelohnt? Würde meine Liebe erwidert werden? Oder bliebe ich weiter ein einsamer Wanderer auf der Suche nach dem Glück? Wartete ein Leben in trauter Zweisamkeit auf mich oder behielt mich die Einsamkeit in ihren langen Fangarmen eng umschlossen? Ich hatte doch gewusst, worauf ich mich da einlassen würde. Dennoch hatte ich nicht die Reißleine gezogen, sondern war munter weiter ins Ungewisse gesegelt. Um mein späteres Seelenheil machte ich mir wie so oft zuvor schon viel zu wenige Gedanken. Vielleicht hätte ich bei meiner Abenteuerlust die möglichen Konsequenzen in Erwägung ziehen sollen. Mit der Liebe spielt man nicht, sang meine Großmutter stets gut gelaunt in ihrer Küche. Hätte auch ich mich besser daran gehalten. Doch aus dem Spiel war Ernst geworden, ich hatte mein Herz verloren und jetzt musste ich abwarten, wie es weitergehen würde. Mir blieb nur das Abwarten. Deshalb saß ich nun hier und hoffte, dass die lähmend vor sich hin kriechende Zeit endlich vergehen würde.

Aber bevor ich mich weiter in nebulösen Andeutungen verfange und im Selbstmitleid versinke, beginne ich meine Geschichte lieber dort, wo sie ihren Ursprung hatte. Alles begann mit meiner Reise nach Prag im Juni 1997.

First rule is ...

Die Luft war schwer, der Blick aus dem völlig verschmierten Fenster verschwommen. Der Eurocity rauschte durch die Sächsische Schweiz. Vor einiger Zeit hatte er Dresden verlassen und fuhr nun auf der westlichen Elbseite durch ein beeindruckendes Tal. Das Elbsandsteingebirge war atemberaubend. Das konnte der Reisende auch erwarten, schließlich ist dieses Mittelgebirge für seinen enormen Formenreichtum auf kleinem Raume bekannt. So steht es im Lexikon. Und bei einer Bahnfahrt in Richtung Böhmen konnte man das wunderbar beobachten. Zerklüftete Felsen, dunkle Wälder, klare Gebirgsbäche. Jedes Klischee einer malerischen Landschaft wurde bedient. Genauso wie bei den fast schon pittoresk anmutenden Ortschaften, die der Zug durchfuhr, ohne einen Halt einzulegen. Orte wie Pirna, Königstein, Bad Schandau oder Schönau an der deutsch-tschechischen Staatsgrenze. Fachwerkhäuser wie aus dem Bilderbuch, kleine Dorfstraßen, die vom Marktplatz abgehen und sich hinter der nächsten Ecke verlieren.

Das sieht schon ziemlich idyllisch aus, dachte ich mir, als ich nun endgültig meinen Reiseführer für Prag zur Seite legte und mich mit voller Aufmerksamkeit der vorbeiziehenden Landschaft widmete.

In der letzten Zeit machte die Region eher negativ von sich reden, denn die rechtsextreme Kameradschaft Skinheads Sächsische Schweiz, kurz SSS, hatte sich vor einigen Monaten erst aus den Trümmern der inzwischen verbotenen

Wiking-Jugend gegründet und schon mehrfach aufgrund ihres radikalen und brutalen Auftretens überregional auf sich aufmerksam gemacht. Warum wird man in einer solch malerischen Märchenlandschaft rechtsradikal, anstatt sich an der Schönheit der Heimat zu erfreuen? Vielleicht aus Angst, diese Schönheit mit anderen, möglicherweise gar fremden Menschen teilen zu müssen? Die meisten Fremden reisen hier doch nur durch oder bleiben ein paar Tage zum Wandern und Erholen. Die nehmen einem doch nicht die Frauen und die Arbeit weg. Aber theoretisch könnten sie es natürlich. Allerdings dürfte es ein erheblicher Unterschied sein, hier dauerhaft zu leben, anstatt nur für einen Urlaub anzureisen. Was sollte ein junger Mensch hier auch schon anstellen, außer sich die schönen Steinbrüche und Elbufer anzugucken? Auf Dauer auch nur eine bedingt befriedigende Herausforderung. Da könnte man aus reiner Langeweile den rechten Rattenfängern schon mal ins Netz gehen. Zumal es wahrscheinlich nicht allzu viele Alternatifen gibt. Wie weit spielt da Bildung eine Rolle? War es noch der zu DDR-Zeiten anerzogene Kadergehorsam? Oder ist das alles nur eine Frage der sozialen Umstände?

Schon wieder machte ich mir viel zu viele Gedanken über die Probleme der deutschen Gesellschaft. Diese Probleme mussten jetzt aber mal hinten anstehen. Andererseits fuhr ich gerade in die Tschechische Republik. Ein Land, das im „Dritten Reich" als Protektorat Böhmen und Mähren von Hitler-Deutschland besetzt wurde. Da konnte man schon mal hinterfragen, wie es mit dem zeitgenössischen Faschismus in unserem Land so aussieht. Dem Thema würde ich mich in den kommenden Tagen bestimmt noch das ein oder andere Mal widmen müssen.

Aber jetzt erstmal auf nach Prag, sich der Kultur und Geschichte widmen, Brücken und Burgen, Museen und mittelalterliche Gassen bestaunen. Das hatte ich mir vorgenommen, als ich mir am Hamburger Hauptbahnhof mein Ticket von der Hansestadt in die Hauptstadt der Tschechischen Republik löste. Prag hatte mich schon lange als Reiseziel gereizt. Bereits vor dem Fall des Eisernen Vorhangs hätte ich der Stadt gerne einen Besuch abgestattet. Erst recht aber, seit die Grenzen offen waren und der real existierende Sozialismus begann, sich selbst aufzulösen. Fast dreißig Jahre nach dem Prager Frühling hatte die Freiheit wirklich Einzug in Tschechien und seiner Hauptstadt gehalten.

Das wollte ich mir nun endlich mal selbst anschauen. In den letzten Jahren hatte das stets schmale Portemonnaie dafür gesorgt, dass ich mir keine größeren Reisen hatte erlauben können. Doch vor ein paar Wochen hatte ich das Glück gehabt, unverhofft an eine größere Geldsumme zu kommen, und nun wollte ich diese nutzen, um etwas von der Welt zu sehen und ein wenig zu reisen. Das hatte ich bereits nach dem Abitur geplant, aber mein Umzug von Westfalen nach Hamburg und das Eintauchen in die dortige Szene und das dazugehörige Nachtleben ließen mich schnell meine Reisepläne vergessen und neue Prioritäten setzen. Da blieb einiges auf der Strecke. Und das wollte ich nun in den kommenden drei Monaten aufholen. So lange hatte ich noch Zeit, bis mein Studium der Germanistik und Medienkultur an der Universität Hamburg beginnen würde.

Mit meinen sechsundzwanzig Jahren war ich ja noch nicht zu alt, um mich an der Uni einzuschreiben. Eine Ausbildung zum Bankkaufmann hatte ich bereits abgeschlossen und mir danach geschworen, in diesem Beruf nie dauerhaft zu arbeiten. Da gehörte ich nicht hin. Die Finanzwelt war nicht mein Ding. Die Konventionen im Büro, das permanente Anrennen um Gewinne und Rendite erschienen mir so herzlos und unnatürlich. Ich konnte mir gar nicht mehr erklären, warum ich überhaupt auf die Idee gekommen war, eine solche Ausbildung zu beginnen. Immerhin hatte ich sie noch erfolgreich beendet und somit etwas Solides in der Tasche, wie sich meine Eltern auszudrücken pflegten. Danach verlief mein beruflicher Werdegang jedoch alles andere als solide.

Kaum in Hamburg, fand ich eine Anstellung bei einer kleinen Plattenfirma, die sich anschickte, das neue In-Label der Stadt zu werden. Hier war ich für die Radio-Promotion zuständig. Das bedeutete, dass ich Kontakte zu Radiomoderatoren und –DJs aufnehmen und diese dazu bringen musste, die Veröffentlichungen unseres Labels in ihrem Programm vorzustellen und so häufig wie möglich zu spielen. Air-Play, so sagte man in unserem Laden, ist die halbe Miete. Dann würde das mit dem Chart-Entry schon klappen. Für mich bedeutete es zwar, dass ich den Leuten im Gegensatz zur Arbeit in der Bank keine Luftschlösser mehr andrehen musste, dafür aber oftmals schlechte Musik. Denn so empfand ich den Großteil der Sachen, die bei unserem Label veröffentlicht wurden. Unserem Geschäftsführer war die Qualität der Veröffentlichungen völlig egal, solange sich diese verkaufen ließen. Das gleiche galt auch für das Genre. Er selbst war ein eingefleischter Jazzer, der sich in diesem Metier auch hervorragend auskannte. Im Job spielte das aber keine Rolle. Jazz brachte ja kaum Umsatz, war viel zu anspruchsvoll. Verkaufen ließen sich die neuen Trends, und die hießen Vocal-House, Drum'n'Bass oder Trance. Musikstile, mit denen ich persönlich so rein gar nichts anfangen konnte. Gute Musik wurde für mich seit jeher auf Saiten und Fellen gespielt, nicht aber an einem Computer programmiert. Basta. Da ließ ich auch nicht groß mit mir diskutieren. Und das machte den Job nicht leichter. Ohne eine gewisse Grundüberzeugung für das zu bewerbende Produkt ließ sich die Aufgabe nicht zufriedenstellend bewerkstelligen. So ging meine Motivation sehr schnell den Bach runter und ich ließ mich immer häufiger krankschreiben und blieb der Arbeit fern. Das schaute sich mein damaliger Chef nicht allzu lange an und drückte mir daher eines Montagmorgens die Papiere in die Hand. Ich konnte gehen. Umgehend. Den Rest des Monats würde ich freigestellt. Damit war ich arbeitslos. Und so ging ich. Ohne Wehmut und Reue.

Von da an hatte ich den Kopf frei für neue Ideen und Wege in meinem Leben. Leider sahen die Ideen, die ich dazu so hatte, nicht gerade karrierefördernd aus, sondern konzentrierten sich hauptsächlich auf Amüsement, Rausch und Frauen. So verstrichen fast zwei Jahre mit wenigen Aufs und zahlreichen Abs, ohne dass ich mich weiter um meinen beruflichen Werdegang gekümmert hätte. Außer ein paar schlechtbezahlten Aushilfsjobs kam dabei nicht viel rum.

Das eine Mal nahm ich einen Job im Alsterpavillon an, bei dem ich das Geschirr abräumen musste, wenn die Gäste aufgebrochen waren und der Tisch für neues Melkvieh schnell wieder eingedeckt wurde. Bedienen durfte ich da niemanden. Lediglich den Dreck wegschaffen. Die Tätigkeit war stumpf, anspruchslos und demütigend. Denn falls mich wirklich mal jemand ansprach, während ich mit meinem Tablett herumhantierte, musste ich stets an einen der in der Hierarchie weiter über mir stehenden Kellner verweisen. Als eines Tages eine Bekannte von mir, die ich von einigen Partys her kannte, dort mit einer Freundin saß und Kaffee trank, wollte ich vor Scham im Boden versinken. Ich brachte die Schicht noch mehr schlecht als recht zu Ende und kam danach nie wieder.

Stattdessen fing ich an, im Lager eines Kaufhauses in der Innenstadt Schuhe zu sortieren. Neu angelieferte Ware wurde dort ausgepackt, etikettiert und für den Verkauf aufgehübscht. Ich kam mir zwischen diesen Bergen hässlicher Treter wie der Hamburger Al Bundy vor, nur dass auf mich zu Hause keine nervende Ehefrau wartete. Da wartete nämlich niemand. Und genau das machte mir mittlerweile genauso zu schaffen wie die Perspektivlosigkeit meiner beruflichen Karriere.

Seit ich in Hamburg lebte, hatte ich keine feste Freundin mehr gehabt. Zwar lernte ich im Nachtleben regelmäßig Frauen kennen, und so manche Nacht habe ich auch in Gesellschaft verbringen können, so dass mein Sexualleben nicht gänzlich zum Erliegen kam, aber etwas wirklich Ernstes hat sich daraus nie entwickelt. Im Gegenteil. Oft schreckten mich diese oberflächlichen Affären regelrecht ab. Aufzuwachen neben einem Menschen, an dessen Namen man sich bestenfalls noch eben so erinnern konnte, mehr über diesen allerdings nicht wusste. Und wenn es sich dann doch ergab, das Gegenüber ein wenig besser kennenzulernen, wuchs die Skepsis oft nur noch mehr, und es blieb die Frage, wieso ich ausgerechnet mit dieser Person die Nacht hatte verbringen wollen. Wahrscheinlich ging es ihr nicht großartig anders. Denn verkatert und zerknautscht gab ich sicher ein komplett anderes Bild ab als am Abend zuvor, wo ich durch Alkohol und Drogen aufgeputscht den wilden Party-Hengst gespielt hatte. Ich lebte also den klassischen Lifestyle bestehend aus Sex, Drugs und Rock'n'Roll. Der Lebenswandel eines Orientierungslosen auf dem Weg zum Erwachsenwerden und zu sich selbst. Immer in der Sorge, etwas Wichtiges im Leben zu verpassen, und nicht wirklich wissend, wohin man eigentlich gehört. Einen Platz in der Gesellschaft immer noch suchend, eine Rolle eher spielend als annehmend.

Und als die aus einem solchen Lebenswandel resultierenden Probleme immer größer wurden, die Geldnot und der Drogenkonsum zuvor ungeahnte Formen annahmen, war es an der Zeit, die Reißleine zu ziehen. Zwei Jahre ein Leben auf der Überholspur mussten genug sein. Der Weg bedurfte dringend einer Kursänderung. Es sollte wieder andere Dinge in meinem Leben geben. Dazu gehörte auch eine neue berufliche Perspektive. Oder vielmehr überhaupt eine. Und so beschloss ich also vor zwei Wochen, mich an der Uni einzuschreiben und einen akademischen Weg einzuschlagen. Irgendwas mit Medien wäre gut, dachte ich mir. Das klang zwar so abgedroschen wie klischeehaft, traf bei mir aber dennoch ins Schwarze. Schließlich war ich in den letzten zehn Jahren bereits immer wieder als Schreiberling für diverse Untergrundmagazine tätig gewesen und sah im Schreiben so ziemlich die einzige Tätigkeit, die mir dauerhaft Spaß machen und eine Art Lebensinhalt geben könnte. Daher also Germanistik und Medienkultur. Warum nicht? Eine Zusage für den Studienplatz galt als sicher, da ich genügend Wartesemester seit meinem Abitur angesammelt hatte. Das Wintersemester und mein damit beginnendes Studium konnte also kommen. Die verbleibende freie Zeit wollte ich mir aber erst einmal mit kleineren Reisen vertreiben und somit sinnvoll nutzen. Und mit dem Reiseziel Prag ging es los. Danach würde ich sehen, wohin es mich verschlagen sollte. Ich war für alles offen und bereit. Im Alter von achtzehn bis zwanzig Jahren war ich dreimal mit Freunden als Inter-Rail-

Reisender durch Europa unterwegs gewesen. Mit Ruck- und Schlafsack ausgestattet, fuhren wir quer durch den Kontinent, ohne einen wirklichen Reiseplan zu haben. Es ging uns lediglich darum, viel von der Welt zu sehen und noch mehr zu erleben. Und das gelang uns auch ganz gut. Zwischen London und Budapest, Venedig und Kopenhagen lagen zahlreiche Orte, die wir in dieser Zeit besuchten. Die Lust auf das Reisen um des Reisens Willen war mir in den letzten Jahren jedoch völlig abhanden gekommen. Das vermisste ich inzwischen schmerzlich und ich versuchte nun, Verlorenes wieder aufzuholen. Jetzt ging es raus in die Welt, um ihr zeigen, dass ich noch da und nicht komplett in der Hamburger Unterwelt verschwunden war.

Die Umstände, wie ich an das Geld gekommen war, das es mir nun ermöglichte, auf Reisen zu gehen, waren dermaßen haarsträubend und unglaublich, dass ich es inzwischen nur noch wie einen schlechten Traum empfand. So tief im Sumpf war ich bis dato noch nie versunken. So haarscharf an der größten Katastrophe meines Lebens war ich noch nie vorbeigerauscht. Ich war durch diverse Zufälle und widrige Umstände an eine größere Menge Kokain geraten, die ich dann mithilfe eines Freundes verkaufen konnte. Unterm Strich ging der Drahtseilakt zwischen Drogen, Sex, Mord und Totschlag noch einmal glimpflich für mich aus und ich konnte mit heiler Haut und ein paar tausend Mark auf dem Konto aus der Sache herauskommen. Und das hatte sehr viel mit Glück zu tun. Schlicht und einfach Glück.

Aber auf das würde ich mich nicht ewig verlassen können. Ganz schön weit hatte ich mich in die Welt der harten Drogen und der illegalen Geschäftemacherei gewagt. Und plötzlich stellte ich fest, dass das Ganze kein Spaß mehr war, dass es ganz schnell um die eigene Existenz und das nackte Leben gehen konnte. Ich war noch einmal mit einem blauen Auge davongekommen und hatte dann rechtzeitig den Rückwärtsgang eingelegt und mich aus der Szene zurückgezogen. Ich stand am Scheideweg und entschied mich dazu, meinem Leben noch einmal eine ganz neue Wendung geben zu wollen.

Ich musste also mein Schicksal selbst in die Hand nehmen. Mich nicht mehr ausschließlich von Tag zu Tag treiben zu lassen und mit dem zufrieden zu sein, was mir in den Schoß fiel. Das war mit der Zeit zu wenig für mein Leben. Ich wollte mehr, war regelrecht hungrig. Hungrig nach Neuem, nach Spannendem, Aufregendem, Abstrusem, Witzigem, Unterhaltsamem, Prickelndem, Erotischem, Bildendem. Nach all dem hielt ich schon lange Ausschau, suchte es aber ausschließlich im Nachtleben und im Rausch. Doch das, was ich fand, war nur von kurzer Halbwertzeit, befriedigte mich sehr begrenzt. Ich musste andere Wege einschlagen, um fündig zu werden. Je mehr ich darüber nachdachte, desto zufriedener wurde ich. Denn der erste Schritt war mit der Immatrikulation geschafft. Weitere würden folgen. Vielleicht mal das WG-Zimmer gegen eine eigene Wohnung eintauschen. Und dann noch die Frau meines Lebens treffen. Eins nach dem anderen.

Das Leben sollte mir noch einiges zu bieten haben.

Jetzt aber rückte erst einmal die deutsch-tschechische Grenze näher und mir fiel das kleine Peace ein, das mir mein Mitbewohner Udo noch vor meiner Abreise zugesteckt hatte. Auch wenn ich dabei war, der Drogenszene und dem harten Stoff abzuschwören, so wollte ich ja nicht komplett abstinent leben. Und so ein kleiner Joint zur Entspannung am Abend war für mich nach wie vor eine feine Sache. Da ich ja in Prag niemanden kannte und keine Ahnung hatte, wo ich dort an ein bisschen Dope würde kommen können, nahm ich also vorsichtshalber etwas mit. Nur erwischen lassen wollte ich mich an der Grenze damit nicht. Zwar würde es bei der Menge von vielleicht gerade mal zwei Gramm kein großes juristisches Nachspiel für mich geben, aber der Trip nach Prag wäre vorerst beendet.

Udo hatte mir zu Hause noch den Rat gegeben, das Peace einfach in einem Mülleimer im Zug zu deponieren. Am besten in einem anderen Waggon. Wenn ein Grenzer oder sein abgerichteter Hund das Zeug dort finden sollte, wäre es zwar weg, aber mir könne man dann ja nichts anhaben. Das klang plausibel. Und so hatte ich den Buttermilchbecher, den ich bereits kurz hinter Hamburg geleert hatte, extra zu diesem Zweck aufbewahrt. Dort legte ich nun das kleine Plastikbeutelchen mit dem Dope hinein, stopfte noch eine leere Brötchentüte oben drauf und ging damit in den Nachbarwaggon des Zuges. Neben der Toilette fand ich einen Mülleimer, in den ich den Becher steckte.

Der Eimer war ganz gut gefüllt, so dass mein Becher nicht allzu tief nach unten fiel. Die erste Hürde war genommen. Das Abenteuer des Drogenschmuggels nahm Konturen an.

Wenige Minuten später hielt der Zug in Schönau und sowohl deutsche als auch tschechische Zollbeamte stiegen zu. Erstere hatten sogar einen Schäferhund im Schlepptau. Ein Drogenhund? Das würde sich ja bald herausstellen.

Die Zöllner ließen sich von jedem Reisenden den Ausweis zeigen, studierten diesen kurz, nickten freundlich und gaben ihn zurück. So auch bei mir, als ich mit der Kontrolle an der Reihe war. Zwar war ich ein wenig nervös, versicherte mir aber immer wieder, es könne ja gar nichts passieren. Selbst wenn das Dope gefunden werden sollte, würde man mir ja nichts nachweisen können. Den Buttermilchbecher hätte ja jeder aus dem Zug dort im Mülleimer platzieren können. Und allzu auffällig oder verdächtig sah ich in meiner Jeans und dem neuen strahlend weißen T-Shirt auch nicht aus. Da würde der Verdacht der Grenzer sicher viel eher auf die vier zotteligen Hippies fallen, die ein paar Reihen hinter mir saßen.

Als die Grenzer nun den Waggon betraten, in dem ich den Becher in den Müll gesteckt hatte, ging mein Puls dennoch schneller. Würde der Hund etwas riechen? Würden die Zöllner den Müll durchsuchen? Nichts dergleichen geschah. Ich wollte nicht allzu auffällig den Gang hinter ihnen her starren, konnte aber dennoch sehen, wie sie einfach daran vorbeigingen. Ich atmete erst einmal kräftig durch. Das wäre geschafft. Inzwischen überquerten wir auch den Grenzübergang und befanden uns auf tschechischem Gebiet. Zahlreiche Buden und Marktstände mit Ramsch und Billigwaren am Rand der parallel zur Bahnstrecke verlaufenden Straße ließen daran keinen Zweifel.

Es folgte eine Durchsage, dass wir in wenigen Minuten Děčín erreichen würden. Dort würden die Grenzer sicher den Zug verlassen und ich hätte es geschafft. Bis dahin musste ich noch ein wenig das mulmige Bauchgefühl aushalten. Doch es kam genau so. Wir hielten in Děčín und ich konnte die deutschen und tschechischen Beamten auf dem Bahnsteig stehen sehen und beobachten, wie sie sich unterhielten. Das Ganze sah ganz locker und gelöst aus. Allerdings machte der Zug keine Anstalten weiterzufahren. Langsam wurde ich doch wieder nervös. Es ruckelte, irgendwelche Waggons oder Lokomotiven wurden an oder abgekuppelt, Putzfrauen bestiegen den Zug, Schaffner wechselten, es zog sich ungemein in die Länge. Nach mir endlos erscheinenden zehn Minuten setzte sich der Zug dann doch wieder in Bewegung. Aus dem Fenster konnte ich sehen, dass die Grenzpolizisten auf dem Bahnsteig zurückblieben. Nun war es an der Zeit, mir meinen Buttermilchbecher samt Inhalt zurückzuholen.

Als ich den Nachbarwaggon betrat und zum Mülleimer gehen wollte, erschrak ich. Stand doch gerade eine Putzfrau genau davor und wollte diesen leeren. Ich stürmte auf sie zu und gab ihr mit Händen und Füßen zu verstehen, dass ich da dringend mal ran müsste. Sie schaute mich entgeistert an, schüttelte den Kopf und begann den Inhalt des Mülleimers in einen großen Müllbeutel zu kippen. Ich flehte sie an, mich doch bitte noch einmal daran zu lassen. Sie verstand kein Wort, merkte aber wohl an meiner übertriebenen Dramatik, dass es mir sehr ernst zu sein schien. Sie sagte etwas auf Tschechisch zu mir und hielt mir den Müllbeutel hin. Ich schaute hinein und sah zum Glück gleich meinen Becher. Schnell griff ich zu und nickte sie dankbar an. Die Putzfrau zuckte mit den Schultern und nahm ihre Arbeit wieder auf. Ich zog die leere Brötchentüte aus dem Becher und schaute hinein. Das Plastiktütchen mit dem Dope lag noch auf dem Boden des Bechers. Ich atmete tief durch. Die Operation Illegale Drogeneinfuhr hatte ich erfolgreich gemeistert.

Die restliche Weiterfahrt bis Prag verlief zügig und entspannt. Ich betrachtete die böhmischen Wälder und das Ufer der Moldau und freute mich auf meine Ankunft am Bahnhof Holešovice.

Dort verließ ich den Zug, ging die Bahnsteigtreppe hinunter in die düstere Bahnhofshalle und versuchte mich zu orientieren. Die tschechischen Schilder gaben mir Rätsel auf. Erst einmal ankommen, sortieren und orientieren, dachte ich mir. Endlich entdeckte ich ein Hinweisschild zur Tram. Damit würde ich doch problemlos in die Innenstadt fahren können. Um mir ein Ticket lösen zu können, brauchte ich nun aber ein paar Kronen. Mit meinen D-Mark-Scheinen würde ich hier nicht weit kommen. Aber auch dieses Problem ließ sich an einem Wechselschalter schnell lösen. Ich tauschte zweihundert Mark um, das sollte für den Anfang genügen.

Als ich den Bahnhof verließ, um zur Straßenbahn zu gelangen, musste ich eine Gruppe Obdachloser passieren, die auf dem Vorplatz herumlungerten und eine Flasche Fusel kreisen ließen. Einer aus der Runde lallte mir etwas auf Tschechisch hinterher. Wahrscheinlich wollte er mich um ein paar Münzen anschnorren. Da ich beim Geldumtausch neben vielen großen Scheinen auch ein paar Münzen bekommen hatte, drückte ich ihm diese in die Hand und nickte ihm freundlich zu. Der Obdachlose schaute mich etwas verdutzt an, grinste dann aber und steckte das Geld ein. Seine Gefährten johlten und spendeten Applaus.

An der Straßenbahnhaltestelle versuchte ich herauszufinden, mit welcher Linie ich zum Wenzelsplatz fahren könnte, und schaffte es sogar, diese Information den aushängenden Fahrplänen zu entnehmen. Von meinen Interrail-Reisen war ich es gewöhnt, dass es zumindest in Bahnhöfen großer Städte stets auch englische Beschilderungen und Hinweise gab. Hier an diesem trostlosen Vorort-Bahnhof von Prag allerdings nicht. Warum fuhr mein Intercity, dessen Weiterfahrt ihn bis nach Wien führen sollte, eigentlich nicht den Prager Hauptbahnhof an, sondern lediglich diesen hässlichen Vorortbahnhof Holešovice?

An einem Kiosk kaufte ich umständlich eine 3-Tages-Karte und musste mich dabei mit Händen und Füßen verständlich machen. Spätestens jetzt war mir klar, dass ich mit meinem

Schulenglisch nicht automatisch überall in dieser Stadt weiterkommen würde.

Die Straßenbahnfahrt mit der Linie 5 hinab ins Zentrum war abenteuerlich und zugleich charmant. Ich mochte umgehend die freundlichen Durchsagen, welche die kommenden Haltestellen ankündigten. Die tschechische Sprache klang melodisch und einnehmend. Das hatte ich beim Lesen der Sprache auf den Aushängen so nicht erwartet. Für einen Moment verliebte ich mich in die Stimme der Sprecherin.

Die Straßenbahn holperte sich die Bubenská hinunter in Richtung Innenstadt und ich überquerte die Moldau. Gleich müsste ich mein Ziel erreicht haben. Die Straßen wurden enger, die Häuser älter. Wir durchfuhren die berühmte Altstadt und ich fing langsam an, Gefallen an Prag zu finden. Am Wenzelsplatz angekommen, stieg ich aus und schaute mich nach der Touristeninformation um, die sich hier befinden sollte.

Der Wenzelsplatz sollte mich beeindrucken. Zumindest versuchte ich, mich von ihm beeindrucken zu lassen. Oben prägte der Monumentalbau des Nationalmuseums das Ensemble des Platzes mit seiner prächtigen Fassade. Einige Meter unterhalb dieses Paradebeispiels Prager Neorenaissance befand sich das Denkmal des heiligen Wenzeslaus von Böhmen, eine der Sehenswürdigkeiten des Platzes. Von dort würde man einen guten Überblick haben. Also machte ich mich die wenigen hundert Meter dorthin auf den Weg. Kurz darauf stand ich unterhalb der Reiterstatue des alten Wenzels und dachte an das, was ich über Prag bislang wusste. Mir kamen die Bilder vom Prager Frühling in den Sinn, die ich aus zahlreichen Dokumentationen und Filmen kannte. Vor meinem inneren Auge sah ich die tschechischen Demonstranten und die russischen Panzer. Dazwischen die einheimische Polizei. Ich sah die eskalierenden Gewaltszenen und den ersten toten Protestler. Zuerst Aufbruch und der Wille zur Veränderung, Mut und Hoffnung. Es folgten Aggression und Gewalt, die Ohnmacht gegenüber dem sowjetischen Militär. Die Zerschlagung des Aufstandes und die damit einhergehende Demütigung. Geschichte zum Anfassen.

Doch als ich meine Augen wieder öffnete, sah ich vor allem Bier- und Bratwurstbuden. Und dazwischen zahlreiche Urlauber aus Deutschland, England und Italien. Das ließ sich unschwer an den zur Schau getragenen T-Shirt-Logos und Fußballtrikots erkennen. Und jeder zweite schien ein Bier in der Hand zu haben. Das tschechische Bier. Lecker und günstig, so hatte ich bereits im Reiseführer lesen können. Auch dafür war Prag berühmt. Aber dazu sollte ich später kommen. Zuerst wollte ich ein Quartier für die nächsten drei Nächte finden. Vorerst. Danach würde ich weitersehen.

Als ich die Touristeninformation nicht finden konnte, fragte ich auf Englisch einen Polizisten, der gelangweilt am Straßenrand stand, nach dem Weg. Missmutig zeigte er den Wenzelsplatz hinunter und brummelte nur „Rytířská" in seinen mächtigen Schnurrbart. Aber er schien immerhin verstanden zu haben, was ich von ihm wollte. Ich ging also den Wenzelsplatz in Richtung Altstadt hinunter, fand kurz dahinter die besagte Straße Rytířská und stellte fest, dass die Fangarme des Kapitalismus seit der Wende die Prager Innenstadt fest umschlungen hatten. Direkt gegenüber dem Ständetheater sah ich eine H&M-Filiale, ein Stückchen weiter buhlten Shops von Nike und Adidas um zahlungskräftige Kunden. Diese Fußgängerzone unterschied sich nur noch in Nuancen von der einer westeuropäischen Metropole. Man musste schon genau hinschauen, um noch die ein oder andere tschechische Tradition im Straßenbild erkennen zu können. Zum Glück fand ich nach wenigen Metern ein Büro der Touristeninformation.

Allzu kostspielig sollte meine Unterkunft nicht sein, dafür aber zentral gelegen. Ob Hotel, Apartment oder Pension, war mir egal. Die freundliche Dame hinterm Tresen strahlte mich an, als ich das Büro betrat. Sie sah jung aus, jünger als ich. Gerade mal Anfang zwanzig, so schätzte ich. Und verdammt hübsch war sie. Ihre langen blonden Haare hatte sie zu einem Zopf geflochten, den sie wie eine Krone um ihr Haupt gelegt hatte. Das gab ihr eine fast majestätische Aura. Oder bildete ich mir das nur ein? Immerhin befanden wir uns hier im Schatten einer Burg. Und vor mir stand das Burgfräulein. Prinzessin Leia aus der Star Wars-Filmreihe kam mir in den Sinn. Meine zweite große Leinwandliebe. Ich himmelte sie an und lernte durch meine Untreue zum ersten Mal das Gefühl von Scham kennen, denn bis dato gab es in meinem Leben nur eine Frau. Nscho-Tschi, die Schwester Winnetous.

Prinzessin Leia zeigte mir die Lage mehrerer Übernachtungsangebote auf einer Straßenkarte. Alle lagen in fußläufiger Nähe, sagten mir aber von den Fotos her nicht sonderlich zu. Gab es denn keine Fremdenzimmer in mittelalterlichen Gemäuern? Am besten direkt in der Burg?

Sie verstand mein Anliegen und nickte. Jetzt holte sie neue Prospekte aus einem Regal hervor und zeigte mir wunderschöne Unterkünfte, die eines Prinzen gerecht würden. Und so wollte ich mich doch auf meinen Reisen fühlen. Wie ein kleiner Prinz in der großen, weiten Welt. Ich musste bei diesem Gedanken grinsen. Allerdings verzog sich mein Gesicht schnell wieder, als mir die Preise dieser Zimmer genannt wurden. Als ich nachfragte, ob diese wirklich nur für eine Nacht gelten würde, lachte mein Gegenüber und räumte die Prospekte wieder fort.

„You are looking for something special with a nice price", fragte sie mich. Besser hätte ich meinen Wunsch nicht äußern können. Hatte ich ja auch nicht.

Es musste nicht allzu nobel sein, aber charmant und originell. So stellte ich mir das vor. Vielleicht ein kleines Burgfäuleinzimmer oder das ehemalige Gärtnerhaus im Hinterhof. Oder vielleicht ein Platz auf der Gästecouch von Prinzessin Leia.

„Maybe this is the right hotel for you", sagte sie und zeigte mir eine Postkarte, auf der ein Moldaudampfer zu sehen war. Dieser lag inzwischen fest am Ufer und wurde als Hotel genutzt. Das gefiel mir. Zwar war der Liegeplatz nicht ganz im Stadtzentrum, sondern etwas weiter den Fluss aufwärts in Richtung Süden, bis zur Karlsbrücke wären es aber gerade mal drei Kilometer und eine Straßenbahn würde direkt am Moldauufer bis zum Bootel fahren. Ich war überzeugt und ließ mir ein Zimmer oder vielmehr eine Kajüte für die kommenden drei Nächte reservieren. Mit einem Lächeln auf den Lippen verabschiedete ich Prinzessin Leia. Die erste Person in Prag, mit der ich Englisch sprechen konnte. Das beruhigte mich ein wenig. Im Hinausgehen überlegte ich noch kurz, ob ich sie nicht nach ihrer Telefonnummer hätte fragen und ein mögliches Date einfädeln sollen. Doch so aufdringlich wollte ich dann gleich zu Beginn meines Pragaufenthaltes auch nicht sein. Vielleicht die falsche Entscheidung, denn als ich am Fenster des Büros vorbeiging, winkte sie mir zum Abschied noch einmal augenzwinkernd zu.

Jetzt wollte ich aber erst einmal mein Quartier beziehen. Inzwischen befand ich mich dank der reizenden Dame aus dem Fremdenverkehrsbüro im Besitz eines Metro- und Tram-Planes und hatte daher auch keine allzu große Mühe, die richtige Linie zu meinem Bootel zu finden. Die Bahn schepperte am Ufer der Moldau nach Süden und ich konnte auf der anderen Seite zum ersten Mal einen Blick auf die berühmte Burg werfen. Ich staunte über die Größe und Erhabenheit vor allem des mächtigen Veitsdoms und freute mich auf die Besichtigung.

An meinem Dampfer angekommen, ging der Check-In recht zügig vonstatten. Auch der junge Mann an der Rezeption sprach Englisch. Meine anfängliche Sorge wegen möglicher Verständigungsprobleme in dieser Stadt schien unbegründet.

Von außen wirkte das Schiff mit seinem strahlend weißen Anstrich sauber und gut in Schuss. Im Inneren ließen der abgelaufene Teppichboden, das angejahrte Mobiliar und die veralteten Lampen erahnen, dass der Dampfer seine besten Jahre bereits seit einiger Zeit hinter sich hatte. Das störte mich aber nicht weiter. Die Vorfreude darauf, auf dem Wasser zu wohnen, ließ alles andere in den Hintergrund treten.

Meine Kajüte lag im Unterdeck zur Wasserseite hin. Darauf hatte ich bestanden. Ich wollte morgens nach dem Aufwachen auf keine Kaimauer schauen, sondern meinen Blick über das glitzernde Wasser der Moldau schweifen lassen. Und das konnte ich. Die Wasseroberfläche lag gerade mal einen knappen Meter unter meinem Fenster. Als ich es öffnete und meinen Arm hinausstreckte, konnte ich das kühle Nass mit meinen Fingern berühren. Das empfand ich als sehr angenehm. Im Gegensatz zur Größe des Raumes. Der war nämlich winzig. In der Kajüte konnte ich mich kaum bewegen. Zur Rechten gab es ein Bett, zur Linken einen kleinen Tisch mit Hocker und daneben ein kleines Regal. Dazwischen war ungefähr ein halber Meter Platz. Hier stand ich nun etwas verloren rum. Aber wozu brauchte ich schon mehr? Ein Bett zum Schlafen und ein wenig Stauraum für meine wenigen Klamotten. Letztendlich hatte das Zimmer ja sogar ein winziges Bad mit einer Dusche, Waschbecken und Toilette. Das musste reichen. Und einen Tisch hatte ich auch noch. An den setzte ich mich nun und überlegte, was ich mit dem Rest des Tages anfangen wollte.

Vielleicht sollte ich zuerst einmal eines der berühmten lokalen Biere probieren, dachte ich mir. Beim Einchecken wurde mir gesagt, dass das Frühstück auf dem Oberdeck im Restaurant serviert würde. Dort würde sich auch die Hotelbar befinden. Der könnte ich doch mal einen Besuch abstatten. Schließlich war ich nun endlich richtig angekommen.

Die Bar lag im hinteren Teil des Oberdecks und war zur Hälfte überdacht, der restliche Teil lag als schöne Sonnenterrasse unter freiem Himmel. Dort nahm ich Platz und genoss das sommerliche Wetter. Die Sonne hatte jetzt zum späten Nachmittag alle Wolken vertrieben und ließ bei mir endgültig Urlaubsstimmung aufkommen.

„Was möchten Sie trinken", fragte mich der Kellner in fast akzentfreiem Deutsch. Ich war darüber kurz erstaunt, dachte dann aber, dass der aufmerksame Herr von der Rezeption sicher den Rest des Personals darüber informiert hatte, dass sich ein neuer, deutscher Gast an Bord befinden würde. Der Kellner gab sich sehr höflich, wirkte in seiner etwas zu eng geratenen Uniform ein wenig steif und aus der Zeit gefallen. Immerhin näherten wir uns mit rasenden Schritten einem neuen Jahrtausend und steckten nicht mehr in der Zeit des Eisernen

Vorhangs und Kalten Krieges. So kam der Kellner aber rüber. Eigentlich ganz stimmig und passend zum altmodischen Interieur der Bar und des ganzen Hotelschiffes. Ich bestellte mir ein großes Staropramen vom Fass.

„Einen Schnaps dazu vielleicht?", hakte der Kellner nun nach. Ich war ein wenig überrascht, nickte aber fast reflexartig und erwiderte: „Gerne. Was haben Sie denn so da? Können Sie mir was empfehlen?"

„Natürlich. Bitte trinken Sie unseren Becherovka zum Bier. Der ist sehr gut. Ein Kräuterlikör."

„Alles klar, den nehme ich", schloss ich die Bestellung ab und lehnte mich entspannt in meinem Stuhl zurück. So ließ sich der Urlaub angehen.

Mein Herrengedeck schmeckte gut und zeigte augenblicklich Wirkung. Schnell fühlte ich mich angetrunken. Auf leeren Magen schlägt der Alkohol ja auch zügig an. Schließlich hatte ich außer einem Brötchen bei der Abfahrt in Hamburg nichts weiter gegessen, stellte ich fest. Erstaunlich, dass sich auch noch gar kein großes Hungergefühl eingestellt hatte. Wenn Reisen manche Leute hungrig machen sollte, so wurde ich davon scheinbar eher durstig. Und schon bestellte ich mir eine zweite Runde. Essen würde ich später ja immer noch können. Außerdem lud mich der Blick auf die Getränkepreise gerade zum Weitertrinken ein. Denn die Drinks hier in der Bar waren, zumindest wenn man das Hamburger Preisniveau gewohnt war, ausgesprochen günstig. Aber davon hatte ich im Vorfeld bereits gehört. Es sollte ja nicht wenige Prag-Touristen geben, die einzig und alleine deswegen die goldene Stadt besuchten.

Als ich die Augen aufschlug, wurde es draußen bereits langsam dunkel und die ersten Lichter der Stadt spiegelten sich auf dem Wasser der Moldau. Gerade noch saß ich meiner Fremdenverkehrsführerin vom Nachmittag in einem kleinen Ruderboot auf einem Bergsee gegenüber, nun lag ich alleine in dem spärlichen Zimmer. Wo war Prinzessin Leia nur hin?

Nach der dritten Runde Bier und Becherovka war ich zurück in meine Kajüte gegangen, um mich kurz auf dem Bett auszustrecken. Dabei musste ich dann wohl eingeschlafen sein. Immerhin zeigte die Uhr inzwischen kurz nach sieben an. Ich stand auf, ging in mein Bad und spritze mir ein wenig Wasser ins Gesicht, um wieder wach zu werden. Mein Magen machte sich knurrend bemerkbar. Nun hatte mich der Hunger also doch noch eingeholt. Ich musste dringend etwas essen. Also zog ich mich an, verließ das Bootel und fuhr mit der nächsten Tram in Richtung Norden.

Kurz vor dem Manet-Museum gegenüber der kleinen Moldauinsel Slovanský ostrov stieg ich aus. Schräg gegenüber, direkt an der Masarykovo nábřeží lag das Restaurant Orlík, ein traditionelles böhmisches Restaurant, von dem ich in meinem Reiseführer gelesen hatte. Bodenständig und gut und nicht so touristisch verseucht wie das U Fleků. Von außen wirkte das Restaurant eher düster und nicht wirklich einladend. Die Milchglasscheiben ließen zwar erkennen, dass es im Inneren beleuchtet war, mehr konnte man aber nicht ausmachen. Also betrat ich gespannt den Laden und wurde gleich von stark verrauchter Luft umhüllt, so dass ich mich eher in einer Kneipe als in einer Speisewirtschaft wähnte. Selbst der Wirt hinter dem Sperrholztresen zog gierig an seinem Glimmstengel, als er mich hereinkommen sah. Darüber hinaus wirkte das Ambiente sehr rustikal und altbacken, aber auf eine ganz eigene Art auch sehr gemütlich. In dem kleinen Gastraum saßen gerade mal fünf weitere Gäste. Zwei Pärchen beim Abendessen, ein etwa vierzigjähriger Mann beim Bier. Er schrieb unentwegt in einer Kladde und machte nicht zuletzt, aber auch aufgrund seines exzentrischen Aussehens den Eindruck eines verkappten Intellektuellen auf mich. Zu einem verschlissenen Sakko trug er einen nicht mehr ganz weißen Schal, auf dem Kopf einen zerknautschten Hut. Von seinem Gesicht war hinter einem dichten Vollbart nicht allzu viel zu sehen.

Ich studierte die Karte und entschied mich für die Nationalspeise Guláš mit Knedlíky. Die Knödelscheiben werden zu fast jedem Gericht als Beilage gereicht und schmeckten nicht nur gut, sondern erledigten ihren Job als Sättigungsbeilage mehr als zufriedenstellend. Und das dazugehörige RindsGuláš schmeckte hervorragend, genauso wie das frisch gezapfte Pilsener Urquell. Ein Dinner ganz nach meinem Geschmack. Ich war so begeistert von dem Essen und erneut von dem günstigen Preis, dass ich sogar kurzzeitig überlegte, mir das gleiche Gericht ein zweites Mal zu bestellen. Da ich aber befürchtete, mich nach einer doppelten Portion Knedlíky nicht mehr bewegen zu können, was meiner weiteren Abendgestaltung doch eher im Wege stünde.

Als ich zufrieden Messer und Gabel niederlegte, bemerkte ich, dass mich der Typ am Nachbartisch unverblümt anstarrte. Ganz schön unhöflich für einen Intellektuellen, dachte ich noch bei mir, da sprach er mich an.

„Du bist Deutscher, oder? Das konnte ich an deiner englischen Aussprache hören." Sein Deutsch war bis auf einen kleinen Akzent makellos.

„Aus welcher Stadt kommst du und was treibt dich nach Prag?"

Einen Moment zögerte ich und war verwundert darüber, einfach so von der Seite angesprochen zu werden. Aber der Typ war mir nicht unsympathisch und was sollte an einem kleinen Plausch nach dem Essen schon schlimm sein.

„Stimmt. Ich komme aus Hamburg, bin heute Nachmittag hier angekommen. Als klassischer Tourist auf einem Städtetrip. Ein bisschen Prag anschauen und bestaunen."

„Und dazu ordentlich Bier trinken und einen draufmachen? Das machen hier viele. Ist ja auch so schön billig."

„Naja, sicherlich auch. Aber in erster Linie will ich mir die Stadt ansehen und versuchen zu begreifen, was das Magische an Prag ist, von dem so viele Leute berichten. Mal sehen, ob ich das entdecke."

Er runzelte unter seinem Hut die Stirn und musterte mich schweigend für einige Sekunden. Dann grinste er und sprach:

„Da hast du ja Glück, mich getroffen zu haben. Ich könnte dir schon ein bisschen was über die Geheimnisse der Stadt erzählen. Setz dich doch zu mir."

Was war das denn für eine Masche, schoss es mir durch den Kopf. Will der mich anmachen? Oder ausrauben? Oder anschnorren? Oder will er sich einfach nur bei einem weiteren Bier nett unterhalten und von seiner Heimatstadt erzählen? Ich überlegte kurz, warf meine Zweifel über Bord und setzte mich an seinen Tisch. Was hatte ich schon zu verlieren? Schließlich war ich nach Prag gekommen, um die Stadt kennenzulernen. Dazu gehört dann ja auch, sich mit ihren Einwohnern zu unterhalten. Auf mein Portemonnaie würde ich schon aufpassen. Auf meinen Arsch auch. Und eigentlich wirkte dieser Kauz doch ganz sympathisch.

„Ich heiße Jakub", stellte er sich gerade heraus vor, als ich zu ihm an den Tisch trat. Er stand auf und reichte mir die Hand, in die ich bereitwillig einschlug. Erst jetzt sah ich, dass er eine unglaublich massige Figur hatte. Er schien außerdem mindestens einen Meter neunzig groß zu sein und würde wahrscheinlich nicht weniger als einhundertzwanzig Kilogramm auf die Waage bringen. Eine beeindruckende Erscheinung erhob sich da vor mir.

Auch ich stellte mich vor. Wir setzten uns beide gegenüber an den Tisch und ich gab dem Wirt ein Zeichen, uns zwei frische Bier zu bringen.

„Was macht dich denn so geeignet, mir Prag näher zu bringen?", wollte ich von ihm wissen. „Bist du hier so was wie ein Fremdenführer?"

Er lachte. „Nein, nein. Ich bin eigentlich ein Mann des Wortes. Ursprünglich wollte ich einmal Schriftsteller werden. Und jetzt? Naja, ich halte mich so über Wasser. Gebe Nachhilfe in deutscher Sprache und schreibe ab und an mal einen Artikel für die Prager Zeitung, das einzige deutschsprachige Blatt in dieser Stadt. Aber wirklich leben kann man davon nicht. So hoffe ich, dass es irgendwann vielleicht doch noch mit meinem ersten Roman klappt. Daran arbeite ich nun schon seit fast sechs Jahren. Natürlich immer wieder mit Unterbrechungen. Und du so?"

„Ich habe zuletzt in der Musikbranche gearbeitet. Das wurde aber zunehmend schrecklich. Daher habe dort aufgehört und mich an der Uni Hamburg eingeschrieben. Germanistik und Medienkultur. Im Herbst geht es los."

„Oh ha, das klingt ja nach großen Plänen. Ein angehender Germanist. Da ist so ein Besuch in der Stadt Franz Kafkas ja genau die richtige Vorbereitung auf das Studium. Ich habe seinerzeit auch Germanistik studiert. Allerdings an der Uni Münster."

„Bist du denn Deutscher? Ich habe dich für einen Tschechen gehalten. Einen waschechten Einheimischen."

„Ich bin Tscheche, sogar hier in Prag geboren. So wie Kafka. Allerdings hatte ich Großeltern in der Eifel wohnen. Die habe ich mal besucht, als ich achtzehn war, und bin gleich dortgeblieben. In Bitburg habe ich dann mein

Abi gemacht und danach eben in Münster studiert. Das war in den achtziger Jahren. Kennst du schon die Geschichte der deutschen Studentin, die man sich hier in der Stadt erzählt? Man sagt, dieses Mädchen sei extra aus Köln hierher gezogen, um Tschechisch zu studieren, damit sie endlich mal ihren Lieblingsautor in seiner Muttersprache lesen könne. Dumm gelaufen, da Kafka ja auf Deutsch geschrieben hat."

„Nein, die Geschichte kannte ich noch nicht. Schön blöd. Was hat dich denn wieder zurück nach Prag getrieben? Das gute böhmische Bier doch sicher nicht."

„Nein, sicher nicht. Obwohl das als Grund nicht zu verachten wäre. Es war aber eher der Genschman, der dafür sorgte, dass ich in meine Heimat zurückkam. Als euer ehemaliger Außenminister da auf dem Balkon der Prager Botschaft die Ausreisegenehmigung für die DDR-Flüchtlinge bekanntgab, wusste ich, dass sich nun nicht nur in Ostdeutschland, sondern auch in den übrigen Staaten des Warschauer Paktes einiges verändern würde. Und da wollte ich dabei sein. Also habe ich mein Studium abgebrochen und bin zurück nach Prag. So bin ich also mal richtig gegen den Strom geschwommen. Es setzte ja eine Welle von Auswanderungen in Richtung Westen ein und kaum einer kam zurück in den Osten."

„Klingt spannend."

„Ja, war es auch. Ich bekam direkt eine Aushilfsstelle an der Karls-Universität im Germanistik-Seminar und konnte hautnah miterleben, wie sich die Stadt öffnete und rasant veränderte. Das tut sie eigentlich ja bis heute. Nur den Job habe ich inzwischen nicht mehr. Nach zwei Jahren wurden viele Stellen gestrichen oder mit jungen Leuten besetzt, die direkt von der Uni kamen und einen Abschluss besaßen. Das traf ja auf mich beides nicht zu. Seitdem schlage ich mich so durch."

Ich war erstaunt und beeindruckt. Dieser Mann erzählte mir gleich seine halbe Lebensgeschichte und wirkte dabei so vertraut und offen, dass ich immer noch nach einem Haken suchte. Wieder wischte ich meine Zweifel beiseite und bestellte uns stattdessen zwei neue Bier.

„Die deutsche Botschaft und ihren Garten würde ich schon mal sehen wollen. Das ist schließlich ein äußerst geschichtsträchtiger Ort. Gerade für uns Deutsche. Wo befindet sich die denn? Ist das weit weg von hier?", wollte ich von Jakub wissen.

„Nein, weit ist es nicht. Die Botschaft liegt auf der Kleinseite direkt unterhalb der Burg, des Hradschin. Um dahin zu kommen, müssen wir nur über die Moldau und ein wenig die Vlašská bergauf. Das können wir gerne machen, wenn du Lust hast. Natürlich ist die Botschaft um diese Zeit geschlossen, aber den Garten und den berühmten Balkon kann man ganz gut von der Rückseite durch einen Zaun sehen."

„Dann lass uns austrinken und losgehen. Bevor es gleich zu dunkel wird und man nichts mehr erkennen kann." Noch während ich sprach, winkte ich den Kellner herbei, um zu bezahlen. Jakubs Bier ließ ich mir gerne mit auf die Rechnung setzen.

Draußen auf der Straße schlug mir die frische Luft direkt ins Gesicht. Das tat gut. Der verrauchte Schankraum im Orlík setzte mir doch ein wenig mehr zu, als ich zuerst vermutet hatte. Jakub stupste mich an und zeigte nach Norden.

„Wir müssen noch ein Stück die Straße längs laufen, bis wir zur Karlsbrücke kommen. Dort überqueren wir die Moldau hinüber zur Malá Strana, der Kleinseite."

An uns floss noch reger Verkehr vorbei, auch wenn die Uhr inzwischen halb zehn anzeigte. Alle paar Minuten ratterte eine Straßenbahn zwischen den Autos durch. Auf den Bürgersteigen strömte das ausgehfreudige Partyvolk in die Kneipen und Clubs der Stadt. Es war schließlich Samstagabend. Je mehr wir uns der Karlsbrücke näherten, desto dichter wurde das Gedränge.

„Meine Güte, das ist ja schlimmer als zur Adventszeit in der Hamburger Mönckebergstraße. Haben die alle nichts zu tun hier in Prag?", fragte ich Jakub scherzhaft.

„Von wegen. Allzu viele Einheimische siehst du hier nicht. Alles Touristen. Und das wird auf der Brücke nicht besser. Die schieben sich da bis spät in den Abend in Massen drüber. In der Nacht musst du noch einmal wiederkommen. Dann kannst du vielleicht noch etwas von dem alten Zauber spüren, der von ihr einmal ausging. Drüben auf der Kleinseite wird es aber gleich ruhiger. Fast das ganze Nachtleben spielt sich auf dieser Seite der Moldau ab. Vor allem rund um den Altstädter Ring. Drüben ist es dagegen noch richtig beschaulich."

Wir gingen weiter am Moldauufer entlang und ich schaute versonnen zur Burg, die hoch oben über der anderen Seite des Flusses lag und majestätisch die Skyline prägte.

„Bevor wir aber rüber gehen, sollten wir noch einen Stopp im Café Slavia einlegen", fuhr Jakub fort. „Eines der letzten noch existierenden Grand Cafés der Stadt. Früher hatte Prag da mal eine große Tradition, wie man es sonst nur aus Budapest und Wien kennt. Heute sind die meisten der vornehmen Cafés längst verschwunden. Jetzt gibt es gerade mal noch eine Handvoll von ihnen. Aber das Café Slavia hält die Tradition noch tapfer aufrecht."

„Ist es nicht schon ein wenig spät für einen Café-Besuch? Wir haben fast zehn Uhr? Und den Garten der Botschaft kann man wahrscheinlich jetzt schon wegen der Dunkelheit kaum noch erkennen", wandte ich ein.

„Keine Sorge. Die Botschaft und der Garten sind beleuchtet. Außerdem wird es dadurch doch viel authentischer. Schließlich hat Genscher auch am Abend dort gestanden und die Reisefreiheit proklamiert. Und das Café Slavia hat bis elf Uhr auf. Tagsüber trinkt man dort seinen Kaffee, abends Bier und Absinth."

„Absinth? Hat Vincent van Gogh das nicht getrunken und sich dann ein Ohr abgeschnitten?", wollte ich wissen.

„Na, so ungefähr. Ob das aber wirklich im Absinth-Rausch geschah, wird nur spekuliert. Tatsache ist jedoch, dass van Gogh genauso zu den passionierten Absinth-Trinkern zählte wie Oscar Wilde, Charles Baudelaire, Ernest Hemingway, Edgar Allan Poe oder Arthur Rimbaud. Die grüne Fee war vor allem bei Künstlern sehr beliebt. In Deutschland wurde sie aber wegen des hohen Thujon-Gehalts Anfang des Jahrhunderts verboten. Hier in Tschechien zum Glück nicht."

„Die grüne Fee? Wer ist denn das?"

„So wird Absinth wegen seiner kräftigen grünen Farbe im Volksmund genannt. Im Café Slavia hängt sie auch an der Wand. Dort kannst du sie auf Viktor Olivias Jugendstilgemälde „Der Absinthtrinker" sehen. Da vorne im Zinspalais ist das Café Slavia auch schon."

Er zeigte auf einen prunkvollen Bau an der nächsten Kreuzung gegenüber einer Moldaubrücke.

„Dann lass uns doch mal so eine grüne Fee zum Tanz auffordern", schlug ich Jakub vor.

Er nickte und ging vor mir über die verkehrsreiche Národní zielstrebig auf den Eingang zu. Als wir eintraten, erinnerte mich das Interieur eher an Pariser Etablissements der dreißiger Jahre im Stil des Art Déco. Das hatte schon Flair. Allerdings war es nicht mehr allzu voll und zahlreiche Tische nicht besetzt.

„Da hinten ums Eck hängt das Bild mit der grünen Fee", sagte Jakub und steuerte geraden Schrittes durch das Café. Nun sah ich das Gemälde und war gleich fasziniert. „Der Absinthtrinker" war ein grüblerischer, recht grimmiger Kerl mit einem Absinthglas vor sich auf dem Tisch, an den sich ganz elegant eine grünlich schimmernde Dame gelehnt hatte. Die grüne Fee. Der Tisch direkt unter dem Bild war besetzt, also nahmen wir an einem anderen am Fenster Platz mit Blick auf die Moldau zur einen und auf die grüne Fee zu anderen Seite. Hier ließ es sich aushalten. Jakub bestellte wie besprochen zwei Absinth und eine kleine Flasche Wasser.

„Jetzt musst du noch das Ritual des Absinthtrinkens erlernen. Den kippt man nämlich nicht einfach so herunter", erklärte er mir, während der Kellner unser Tablett mit der Bestellung brachte, auf dem sich neben den Getränken auch zwei Löffel, Würfelzucker und Streichhölzer befanden.

„So, dann pass mal auf. Ich zeige dir, wie das geht, und du machst mir das Prozedere einfach nach. Zuerst wirfst du mal einen Zuckerwürfel in den Absinth und lässt ihn sich dort vollsaugen. Dann holst du ihn mit dem Löffel raus und legst diesen quer über das Glas. Genau so. Jetzt zündest du den Zucker mit einem Streichholz an. Durch den hohen Alkoholgehalt brennt der ganz gut. Siehst Du? Langsam fängt er an zu karamellisieren und durch den Löffel zurück ins Glas zu tropfen. Dafür sind auch die Löcher da."

Ich staunte und machte Jakub jeden seiner geübten Handgriffe nach. Was für ein spannendes Ritual! Wie profan ist dagegen das Salz-Zitrone-Prozedere bei einem Tequila.

„Na dann, zum Wohle!", prostete ich Jakub zu, als sich der Zucker vollständig aufgelöst hatte, und wir stießen gemeinsam an. Der Absinth brannte sehr stark im Rachen. Viel mehr als ich es von anderen hochprozentigen Spirituosen her kannte. Ich verzog wohl mein Gesicht nach dem ersten Schluck und stürzte gleich ein halbes Glas Wasser hinterher.

„Da gewöhnst du dich dran. Das Brennen kommt vom Alkohol. Immerhin hat der Absinth im Schnitt so fünfzig bis achtzig Umdrehungen. Der hier, so denke ich, liegt bestimmt bei siebzig. Ein guter Tropfen. Und der Wermut sorgt für die Bitterstoffe. Noch zwei davon und du wirst es lieben."

Das konnte ich mir jetzt gerade zwar noch nicht vorstellen, aber ich probierte ein weiteres Mal. Siehe da, das lief schon besser runter und brannte nicht mehr so stark.

„Sagt man Absinth nicht auch eine halluzinierende Wirkung nach? Ich meine nur wegen van Gogh und seinem Ohr und so", wollte ich wissen, als wir beide unsere Gläser ausgetrunken hatten.

„Ja, das kann schon sein. Thujon kann einem schon ein wenig den Geist verwirren. Aber dazu brauchst du schon ein mehr als einen", lachte Jakub.

„Dann mal her damit", schlug ich vor und gab dem Kellner ein Zeichen, uns noch einmal das gleiche zu bringen.

„Wenn schon, denn schon. Ich will ja wissen, was das mit der grünen Fee auf sich hat und ob sie auch mir erscheint. Also keine halben Sachen." Ich grinste selig vor mich hin.

Nach der dritten Runde bezahlte ich die Rechnung und wir verließen das Café Slavia. Erneut hatte ich die Zeche übernommen, denn ich fand bereits zu diesem Zeitpunkt, dass Jakub ein hervorragender Stadtführer war, den man daher auch gebührend entlohnen sollte. Am besten in flüssigen Naturalien.

Die inzwischen etwas kühler gewordene Abendluft schlug uns ins Gesicht. Von der Wasserseite her wehte eine angenehme Briese. Dennoch war es weiterhin ein sehr lauer Sommerabend. Nun merkte ich auch, dass das Bier im Orlík und der Absinth im Slavia ihre Wirkung zeigten. Ich taumelte leicht auf dem Trottoir und musste mich kurz an einem Laternenpfahl festhalten. Jakub lachte.

„Willkommen im Reich der grünen Fee. Du scheinst ihr schon dicht auf den Fersen zu sein. Nun aber weiter zur Karlsbrücke und dann rüber auf die Kleinseite."

Je mehr wir uns der Karlsbrücke näherten, desto voller wurden die Straßen und Gehwege. Direkt vor der Brücke fiel mein Blick auf das Eingangsschild zum Foltermuseum, welches sich hier in einem Turmgebäude befand.

„Wollen wir hier nicht noch kurz reinschauen?", fragte ich Jakub. Die Dämonen schienen schon Besitz von mir ergriffen zu haben und trieben mich dazu, nun brutale, sadistische Folterwerkzeuge und –bilder zu bestaunen.

„Da rein? Das ist doch bestimmt ganz großer Nepp, den sich nur Touristen anschauen."

„Und ich bin ein Tourist. Also komm, ich lade dich ein." Jakub zögerte kurz, nicke dann aber und folgte mir zur Kasse.

Das Museum erstreckte sich über vier Etagen und bot alles nur erdenkliche Grausame und Schreckliche aus zweitausend Jahren Menschheitsgeschichte. Von der eisernen Jungfrau über die Streckbank bis zu diversen Zangen, Beilen und Brandeisen war alles zu bestaunen, was sich der Mensch im Laufe der

Jahrhunderte so an brutalen Folterinstrumenten ausgedacht hatte. Darin war er noch nie einfallslos gewesen. Entsprechende Zeichnungen an den Wänden veranschaulichten den Einsatz der Gerätschaften. Ein voyeuristisches Gefühl stellte sich bei mir ein und ein Schauer lief mir über den Rücken.

Im zweiten Stock bemerkte ich eine junge Frau neben mir, die sich voller Entsetzen einen spitzen Holzpflock von fast einem Meter Durchmesser anschaute. Fasziniert und zugleich angewidert starrte sie auf das Teil. Dann bemerkte sie meine Blicke, die auf ihr und nicht den Exponaten lagen.

„Der Mensch ist schon ein krankes Wesen. Wie pervers muss man sein, um sich so etwas auszudenken?", sprach sie mich auf Deutsch an. „Weißt du, was man mit dem Ding hier gemacht hat? Auf die Spitze wurde der Delinquent mit nacktem Hintern gesetzt und seitlich festgebunden. Da haben sie ihn dann sitzen lassen, so dass sich die Spitze des Pflocks immer tiefer in seinen Anus gebohrt hat. Dem wurde im wahrsten Sinne des Wortes der Arsch aufgerissen." Wir lachten beide trotz aller Grausamkeit.

„Woher wusstest du, dass ich Deutscher bin?", wollte ich von ihr wissen.

„Ich habe unten an der Kasse gehört, wie du dich mit deinem Freund auf Deutsch unterhalten hast." Sie zeigte auf Jakub, der ein paar Meter weiter mit entsetztem Blick vor einem Zungenausreißer stand.

„Ach so. Ich komme aus Hamburg und mache hier ein wenig Urlaub. Den da habe ich vorhin, gleich an meinem ersten Abend in der Stadt, beim Abendessen kennengelernt und nun zeigt er mir ein wenig von Prag."

„Ich komme auch aus Hamburg. Das ist ja ein Zufall. Allerdings besuche ich hier in Prag gerade meine Großeltern. Meine Mutter ist Tschechin. Ich heiße Maria." Sie reichte mir die Hand. „Und was treibt dich hier als erstes ins Foltermuseum? Bist du pervers?" Wieder lachte sie.

„Nein, das ist nur ein Zufall. Wir kommen gerade aus dem Café Slavia vom Absinthtrinken und wollen nun rüber zur Kleinseite, wo mir Jakub, so heißt mein Begleiter, den Garten der deutschen Botschaft zeigen will. Hier sind wir dann ganz spontan reinmarschiert. Liegt vielleicht am Alkohol. Und du? Was treibt dich hier rein?"

„Die Langeweile. Ich bin jetzt schon seit einer Woche hier und das auch nicht zum ersten Mal. Prag kenne ich fast so gut wie Hamburg, da eben meine Großeltern hier wohnen und ich diese von klein auf immer wieder besucht habe. Inzwischen weiß ich aber gar nicht mehr, was ich mir noch anschauen kann. Da kam ich dann halt auf das Foltermuseum. Und irgendwie fesselt mich das Ganze auch. Abstoßend und faszinierend zugleich. Das ist wirklich verstörend."

Mir gefiel ihre offene Art. Sie sprach frei heraus, was sie beschäftigte und strahlte mich dabei mit großen Augen an. Dabei zeigte sie zwei schöne, weiße Zahnreihen mit einer kleinen Lücke zwischen den oberen Schneidezähnen. Ihre leicht gewellten, dunkelblonden Haare trug sie schulterlang. Auch wenn sie einen halben Kopf kleiner war als ich, so dürfte sie dennoch gut einen Meter und siebzig groß gewesen sein. Und schlank war sie, fast schon zu dünn. Aber dank schöner Rundungen an den richtigen Stellen gefiel mir ihre Figur. Ihre Garderobe hatte etwas Extravagantes. Sie trug einen schwarzen knielangen Rock, dazu eine graue Rüschenbluse und eine klitzekleine Handtasche über der Schulter. Ihre recht großen Füße mit weinrot lackierten Nägeln steckten in schmucklosen, aber eleganten Sandaletten.

Meine musternden Blicke mussten ihr aufgefallen sein, denn sie fragte mich unverhohlen: „Und gefällt dir, was du da siehst?"

Ich wurde verlegen und lächelte ein wenig eingeschüchtert.

„Ja, schon. Entschuldige, wenn ich dich angestarrt habe.'

„Kein Problem. Ich habe mir dich vorhin auch schon genauer angeschaut, als du vor der Streckbank standst.'

„Hat dir der Anblick auch gefallen?", wurde ich jetzt etwas forscher.

„Kann sein", gab sich Maria schnippisch und machte ein paar Schritte zur Seite, um sich eine siebenschwänzige Peitsche mit Metallspitzen an den Enden anzuschauen. Ich folgte ihr mit meinen Blicken. Da stand Jakub plötzlich neben mir.

„Du knüpfst ja schnell Kontakte, mein Lieber. Wollen wir denn trotzdem langsam mal weiter? Ich halte diese ganzen Grausamkeiten nicht mehr aus und muss an die frische Luft. Das reicht hier doch jetzt, oder?"

„Ja gerne. Geh ruhig schon mal nach draußen. Ich verabschiede mich nur kurz und komme dann sofort nach."

Als Jakub den Raum in Richtung Treppenhaus und Ausgang verlassen hatte, trat ich wieder an Maria heran.

„Wir machen uns jetzt auf den Weg. Im Gegensatz zu dir kann ich hier in Prag noch viel entdecken und kennenlernen. Vielleicht sehen wir uns ja mal wieder. Ob hier oder in Hamburg."

Ich ließ den letzten Satz unbeendet im Raum stehen.

„Gerne", entgegnete Maria. „Ich bin morgen Abend bei einem Ska-Konzert mit drei einheimischen Bands im Klub 007. Der ist oben in Strahov gleich beim alten Stadion. Vielleicht hast du ja auch Lust." „Das klingt gut. Ich werde es mir merken und mal schauen, dass ich da auch hinkomme. Vielleicht bis morgen." Wir gaben uns die Hand und ich folgte Jakub nach draußen.

„Nett, deine neue Bekanntschaft", empfing mich dieser vor der Tür.

„Finde ich auch. Vielleicht treffen wir uns morgen wieder."

„Du gehst ja ran. Viel Erfolg für dein Date. Aber jetzt endlich rüber auf die Kleinseite."

Jakub hatte nicht übertrieben. Auch um diese Uhrzeit, inzwischen war es bereits kurz vor elf, strömten die Menschenmassen noch über die Karlsbrücke. Doch mit seiner massigen Figur bahnte uns Jakub zielgenau einen Weg durch die Leute, die respektvoll beiseite traten. Ich musste ihm nur in seinem Windschatten folgen. Aus den Augenwinkeln schaute ich mir die zahlreichen Statuen, die die Brücke zu beiden Seiten säumten, an. An einer Statue blieben wir dann stehen, genau wie viele andere Menschen auch. Jakub ergriff das Wort.

„Auf der Karlsbrücke stehen insgesamt einunddreißig Statuen. An denen sind sie alle schon vorbeiflaniert. Könige und Bischöfe, Händler und Bauern im Mittelalter, später die SS, gefolgt von den kommunistischen Milizen. Die Stauen haben also schon viel gesehen. Früher wurden unehrliche Kaufleute in einen Korb gesteckt und für ein läuterndes Bad hinab ins Wasser gelassen. Sollte man heute auch ruhig mal wieder einführen, bei all dem Nepp, der einem inzwischen hier auf der Brücke und in den Gassen der Altstadt so angeboten wird. Das hier ist das Denkmal des heiligen Johannes von Nepomuk. Den hat König Wenzel IV. zuerst foltern, dann hinrichten und später an dieser Stelle in der Moldau versenken lassen. Wenn man die Tafel unten am Sockel berührt, bringt das Glück, so sagt man. Zumindest steht es so in den Reiseführern. Die Prager selber glauben nicht wirklich daran. Die haben ihren ganz eigenen Aberglauben, von dem dort nichts zu lesen ist. Die Geschichte des Golems ist ja hinlänglich bekannt und in jedem zweiten Buch über Prag nachzulesen. Inzwischen verkaufen sie sogar kleine Figürchen vom Golem in der Josephstadt. Es gibt aber auch noch unzählige weitere Sagen, die hier im alten Prag spielen und bis heute nachwirken sollen. Demnach lebt zum Beispiel hier unter der Brücke ein Wassermann. Von denen gibt es der Sage nach sehr viele in der Moldau. Es sind kleine grüne Wesen, die unter Wasser leben, sich aber ab und zu an Land blicken lassen. Diese haben allerdings kein hohes Ansehen bei der Bevölkerung. Schon im Mittelalter gab es den Spottgesang „Wassermann, Tatrmann, gib uns deine Haut für die Trommel". Das hat der Legende nach auch der Kutscher Vincenc Sahul scherzhaft gerufen, als er eines Tages mit seinem Gespann die Karlsbrücke überqueren wollte. Doch der angesprochene Wassermann verstand überhaupt keinen Spaß und drohte dem Kutscher mit dem Tode noch am selben Tag. Da half kein Flehen und Entschuldigen, auch die Beteuerung, das Lied nur im Spaß gerufen zu haben, besänftigte ihn nicht. Stattdessen lauerte er dem Kutscher in der Furt der Moldau auf und zog ihn mitsamt seinem Pferd und Wagen in die Tiefe. Und so gilt es bis heute, niemanden zu verspotten, während man die Seite des Flusses wechselt, erst recht keinen Wassermann. Dieser treibt nämlich immer noch sein Unwesen unterhalb der Karlsbrücke."

Das war mal eine Geschichte. Erst die grüne Fee, jetzt ein garstiger Wassermann. Jakub hatte wirklich einiges in petto.

„Eine spannende Geschichte. Aber du glaubst nicht wirklich, dass hier Wassermänner ihr Unwesen treiben, oder?", wollte ich von ihm wissen.

„Nein, natürlich nicht. Allerdings ganz ausschließen sollte man derlei alte Erzählungen auch nicht. Wer weiß, ob nicht doch etwas Wahres dran ist." Er lächelte geheimnisvoll in sich hinein.

„Es gibt auch noch einen weiteren Wassermann hier in der Nähe. Der heißt Kabourek und lebt drüben bei der Kampa-Insel. Im Gegensatz zu seinem Artgenossen hier unter der Brücke ist er aber ein sehr umgänglicher Zeitgenosse. Er kommt gerne an Land und besucht die Gaststätten auf der Halbinsel. Einem Bier ist er dabei nie abgeneigt. Da er jedoch etwas altmodisch ist, sagen ihm die moderne Musik und die aktuellen Moden nicht zu. So sieht man ihn heutzutage nur noch sehr selten. Aber wenn er mal einen Passanten auf eine Flasche Bier anspricht, sollte man ihm eine geben. Er wird diese Tat mit einem schönen Hecht oder Aal aus der Moldau belohnen."

„Na, den würde ich lieber treffen als den ersten. Auf ein Bier, Herr Wassermann!"

„Denk daran, nicht zu spotten. Du weißt jetzt, dass das hier am Fluss böse Folgen haben kann", ermahnte mich Jakub.

Ohne eine weitere Pause gingen wir nun weiter über die Brücke und betraten die Kleinseite. Von dort ging es schnurgeradaus weiter in Richtung deutsche Botschaft. Die Straßen waren ähnlich eng und verzweigt wie in der Altstadt, doch ließ sich das mittelalterliche Prag hier noch mehr erahnen.

„Es ist nicht mehr weit. Wir müssen nur noch die Straße hoch", versicherte mir mein Gefährte.

„Kurz vor dem Kloster Strahov liegt die Botschaft auf der linken Seite. Dahinter gibt es einen kleinen Park, von wo aus man ganz gut den Garten und den Balkon sehen kann."

Als wir diesen erreicht hatten, war ich ein wenig enttäuscht. Ein grauer Metallzaun umgab eine sehr unspektakuläre Anlage und die Rückfassade des Botschaftsgebäudes machte auch nicht viel her. Aber der Balkon war deutlich zu sehen. Hier war Geschichte geschrieben worden. Neuere Geschichte in einer alten Stadt. Das versuchte ich zu verinnerlichen und mich damit zufriedenzugeben.

„Ich glaube, das reicht mir", gab ich Jakub zu verstehen. „Lass uns lieber noch irgendwo einkehren und ein Bier trinken. Vielleicht kriegen wir ja auch noch einen Absinth."

„Gerne, gerne. Nicht weit von hier gibt es eine schöne Bar mit einem legendären Jazz-Keller im Gewölbe. Das U malého Glena. Da gibt es nicht nur gute Musik, sondern auch leckeres Bier und bestimmt den ein oder anderen Absinth."

Zwar war ich jetzt nicht gerade ein großer Jazz-Fan, aber davon, dass Prag seit jeher eine blühende Szene gehabt haben soll, hatte ich bereits im Vorfeld meiner Reise gehört. Dann gehört wohl auch der Besuch eines entsprechenden Clubs dazu, wenn man die Stadt kennenlernen wollte.

Die Bar im Erdgeschoss des mittelalterlichen Hauses war gut besucht und es herrschte eine ausgelassene Stimmung. Wir gingen jedoch direkt ins Untergeschoss, wo sich der Jazz-Club befand. Hier war im Gegensatz zu oben allerdings wenig los. Vielleicht lag es an den 150 Kronen Eintritt? In meinen Augen wahrlich nicht viel Geld, andererseits aber auch die Summe, für die man in der Bar drei große Bier bekommen konnte. Die Räumlichkeiten waren allerdings traumhaft. Ein mittelalterliches Kellergewölbe, wie es für einen Jazz-Club nicht besser passen könnte. Überall gab es kleine Nischen und Sitzecken, von wo aus man immer einen guten Blick auf die Bühne zu haben schien. Dort spielte ein recht ambitioniertes Quartett, davor saßen gerade mal eine Handvoll Zuhörer und folgten dem Dargebotenen. Das Ganze wirkte dann doch ein wenig trostlos, so dass auch wir erst einmal beschlossen, den Eintritt zu sparen und oben etwas zu trinken. Mit Mühe fanden wir zwei freie Plätze am Tresen. Dahinter hing ein überdimensionierter Spiegel an der Wand, vor dem eine Unzahl an Spirituosen in einem Regal aufgereiht stand. An den Wänden um uns herum hingen Schwarz-weiß-Fotos alter Jazz- und Blueslegenden. Alles machte einen dezenten und doch stilsicheren Eindruck.

„Ich will dir noch eine Gespenstergeschichte von der Kampa-Insel erzählen", sagte Jakub, als wir unsere bestellten zwei Bier und zwei Absinth serviert bekamen.

„Da wir ja nun fast auf der Halbinsel sind, sollst du mehr über ihre Geheimnisse erfahren. In der Altstadt lebte einst der Anstreicher Metoděj mit Frau und Kind. Doch seine Frau ließ ihn für einen fahrenden Kesselflicker sitzen. Darauf verhärmte der Mann und ließ seinen Frust an der hübschen Tochter aus Anežka. Er erlaubte ihr gar nichts und wenn sie auch nur einem Mann hinterherblickte, setzte es am Abend eine Tracht Prügel. So zogen einige Jahre ins Land und die Tochter wurde älter und immer unglücklicher. Bis sie den Schneidergesellen Ctibor kennen- und lieben lernte. Sie trafen sich stets heimlich und diese Stelldicheins blieben nicht ohne Folgen. Anežka wurde schwanger. Aus Angst vor ihrem cholerischen Vater verließ Ctibor sie daraufhin und entschwand nach Wien. Anežka war am Boden zerstört und wusste sich keinen Rat mehr. Ihrem Vater konnte sie sich nicht anvertrauen, andere Menschen gab es in ihrem Leben nicht. Daraufhin ging sie eines Nachts auf die Kampa-Insel, über die sie die ganze Nacht jammernd und weinend spazierte, bis sie sich im Morgengrauen in die Fluten der Moldau stürzte. Seitdem spukt die Unglückliche hier herum, versetzt aber niemanden in Angst und Schrecken, da alle, die ihr begegnen, nur Mitleid mit dem armen Mädchen empfinden. Von ihrem Fluch kann sie nur ein Vater durch eine gehörige Tracht Prügel befreien, vor der sie in den Selbstmord geflohen war."

„Das ist aber eine traurige und grausame Geschichte", wandte ich ein. „Vor allem die Erlösung durch eine Tracht Prügel erscheint mir aus heutiger Sicht ethisch doch sehr umstritten, oder?"

„Wir reden hier über die Welt der Geister und Gespenster, mein Lieber. Da kannst du doch nicht unsere neuzeitigen Ethikansprüche zugrunde legen. Denk du lieber daran, wenn du Anežka treffen solltest, sie übers Knie zu legen

und sie damit vielleicht von ihrem Fluch zu er-
retten", ergänzte Jakub schmunzelnd.

„Aber ich habe keine Kinder und bin somit
kein Vater. Von daher dürfte die Tracht Prügel
wohl sinnlos sein."

„Da magst du auch wieder Recht haben.
Aber vielleicht macht es dir ja ein bisschen
Spaß. In diesem Sinne, auf unser Wohl!"

Bei all den Geschichten aus dem frühen und
späten Mittelalter war es Zeit, sich dem König
der Gegenwart zu stellen. Und das war nun mal
der König Alkohol. Dem hatten wir ja bereits im
Laufe des Abends ordentlich gehuldigt, aber
jetzt ließen wir ihn unsere Ehrerbietung so
richtig spüren. Das Bier floss durch unsere
Kehlen wie die Moldau durch Prag. Ich erzählte
Jakub von Hamburg und meinen bislang recht
erfolglosen Versuchen, an der Elbe Fuß zu fassen. Auch meine Drogeneskapaden des letzten
Jahres sparte ich nicht aus. Jakub war ein genauso guter Zuhörer wie Erzähler. Trotz der
rund fünfzehn Jahre Altersunterschied glaubte
ich mich auf einer Wellenlänge mit diesem
Mann zu befinden. Wir tauschten uns intensiv
aus.

Inzwischen hatte ich großen Spaß an dem
Ritual des Absinthtrinkens gefunden. Auch davon bestellten wir ein um die andere Runde,
was allerdings nicht folgenlos blieb. Als ich mir
von Jakub eine Zigarette nehmen und mich
dazu über den Tisch beugen wollte, an dem wir
saßen, verlor ich das Gleichgewicht und fiel
seitwärts vom Barhocker. Ich konnte gar nicht
mehr so schnell reagieren, um den Sturz noch

abzufangen. Umso schneller war da mein Begleiter. Eh ich es wirklich realisiert hatte, war er aufgesprungen, hatte mich unter den Armen gepackt und wieder hingesetzt. Diese Dynamik und Schnelligkeit hätte ich ihm mit seiner voluminösen Figur gar nicht zugetraut. Ich war noch ganz verdutzt und sprachlos. Für mich und meine grüne Fee war das alles viel zu schnell gegangen.

„Vielleicht reicht es langsam für heute", gab mir Jakub nun zu verstehen. „Ich glaube, wir haben beide genug getrunken, oder? Wir können ja morgen in die Verlängerung gehen. Jetzt sollten wir wohl besser beide ins Bett. Sonst bin ich hier gleich der nächste, der vom Stuhl kippt. Und mich kriegst du nicht so schnell wieder hoch gehoben wie ich dich." Er lachte aus vollem Halse und erfreute sich an seinem eigenen Witz.

„Vielleicht hast du Recht. Ich hoffe nur, dass ich es noch bis zu meinem Boot schaffe. Ich übernachte nämlich auf einem Hotelschiff, die Moldau gut vier Kilometer aufwärts."

„Das kenne ich", sagte Jakub. „Da kommst du aber noch gut mit der Tram hin. Du musst nur einmal zurück über die Karlsbrücke und von dort mit der 17 in Richtung Levského. Das schaffst du schon. Hinbringen kann ich dich da nicht mehr. Das schaffe ich nicht in meinem Zustand. Außerdem muss ich nach Bubeneč. Und das liegt so ganz genau in der anderen Richtung. Aber lass uns zuerst mal bezahlen gehen, bevor wir den Heimweg antreten."

Diesmal beteiligte sich Jakub und wir teilten uns die Rechnung. Er habe sich für den Abend bereits oft genug von mir einladen lassen.

Vor dem U malého Glena versuchte ich mich in der kühlen Nachtluft ein wenig zu sammeln. Um mich herum drehte sich alles. Meine Sinne waren wie vernebelt und der Gleichgewichtssinn war auch nicht mehr so richtig vorhanden.

„Kriegst du das jetzt hin? Oder sollen wir dir ein Taxi zu deinem Schiff bestellen?", wollte Jakub wissen. „Nicht dass du mir hier noch in die Moldau kippst."

„Nein, nein. Das kriege ich schon noch hin. Außerdem wird mir ein bisschen frische Luft bestimmt ganz gut tun. Sehen wir uns denn morgen noch einmal wieder? Der Abend hat mir ja doch sehr viel Spaß gemacht. Du bist ein guter Fremdenführer."

„Danke. Mir hat es auch gefallen. Und gerne können wir uns morgen treffen. Ich hatte vor, auf der Kampa-Insel im Konírna zu Mittag zu essen. Dort gibt es stets ein sehr gutes Sonntagsessen zu einem fairen Preis, auch wenn das Restaurant an sich zu den nobleren der Stadt gehört. Hast du Lust, mir dabei Gesellschaft zu leisten?"

Ich hatte. Und so verabredeten wir uns für den folgenden Tag zum Lunch, verabschiedeten uns und gingen beide unserer Wege.

Die frische Nachtluft gab mir das Gefühl, wieder ein wenig klarer im Kopf zu werden, und so beschloss ich, nicht auf direktem Wege die Karlsbrücke anzusteuern, sondern noch einen Abstecher über besagte Kampa-Insel zu machen. An einem Kiosk, der auch jetzt weit nach Mitternacht noch geöffnet hatte, kaufte ich mir bei einem vietnamesischen Verkäufer noch eine Flasche Staropramen. Ich konnte scheinbar nicht genug bekommen von dem tschechischen Bier.

Über eine kleine Brücke kommend, betrat ich dann die Halbinsel. Zu meiner Linken sah ich im fahlen Licht der Laternen eine über und über mit Graffiti besprühte Wand. In der Mitte ein großes Porträt von John Lennon. Das ganze wirkte wie eine Kult- oder Gedenkstätte für den ermordeten Beatle. Zumal auch noch einige Kerzen und Blumen davor lagen. Warum John Lennon? Warum hier in Prag auf der Kampa-Insel? Was das auf sich hatte, würde ich morgen mal Jakub fragen.

Ich kam zu einem kleinen Park am Flussufer, setzte mich dort auf eine Mauer direkt am Wasser und trank mein Bier. Der Park schien menschenleer zu sein. Ein wenig ängstlich schaute ich mich um. Aber was sollte mir schon groß passieren? Ausgeraubt werden? Vergewaltigt? Ach was. Ich wischte meine kurzzeitigen Ängste hinfort. Der Alkohol lässt Menschen stets mutiger werden. Plötzlich hörte ich von irgendwoher ein Schluchzen. Ich war irritiert. Aus dem Schluchzen wurde ein klägliches Jammern und bald darauf ein herzzerreißendes Weinen. Ich schaute mich um, konnte aber in dem schummerigen Licht nichts erkennen. Also stand ich auf und ging in die Richtung, aus der das Wehklagen kam. Mir fiel die Geschichte der unglücklichen Anežka ein, von der mir Jakub erzählt hatte, die hier als trauriger Geist über die Insel spuken sollte. Konnte das sein? Hatte der Absinth mir dermaßen die Sinne vernebelt? Ein bisschen unheimlich war mir inzwischen schon zu Mute, da das Weinen nicht aufhören wollte. Dann sah ich auf einer Bank unter einer Laterne eine Gestalt sitzen. Von dieser gingen die Laute aus. Sollte das wirklich Anežka sein? Aber die Geschichte gehörte doch ins Reich der Fabeln und Märchen. Es gibt keine Gespenster. Auch nicht im nächtlichen Prag. Da war ich mir selbst in meinem berauschten Zustand ziemlich sicher. Aber genau von dem Fluch der jammernden Frau auf der Kampa-Insel hatte mir Jakub doch vorhin erst erzählt. War das ein großer Zufall oder sollte es diese Geister wirklich geben? Ich konnte es nicht glauben und trat näher an die Gestalt heran. Es war eindeutig eine Frau, die dort saß. Dann bemerkte auch sie mich und schaute erschrocken auf. Es war nicht Anežka. Es war Maria, die Frau aus dem Foltermuseum, die dort hockte und mehr als unglücklich wirkte. Ängstlich blickte sie an mir hoch. Doch nun schien auch sie mich zu erkennen.

„Du bist das?" fragte sie mich überrascht. „Was machst du denn hier?"

„Bier trinken." Etwas Klügeres fiel mir spontan nicht ein. Ich merkte, dass meine Zunge sehr schwer war und mir die Worte nicht mehr leicht über die Lippen gingen.

„Ich bin sozusagen auf dem Heimweg in mein Hotel und habe hier nur noch einen kleinen Zwischenhalt eingelegt, um ein letztes Bier zu trinken", fuhr ich fort.

„Zuvor war ich mit meinem neuen Freund hier auf der Kleinseite unterwegs. Ein bisschen Sightseeing, eine kleine Märchenstunde und dann noch der Besuch in einer Jazzbar."

„Da habt ihr aber scheinbar gut zugelangt, oder? Ganz nüchtern wirkst du jedenfalls nicht mehr." Sie wischte sich mit einem Ärmel die Tränen ab und versuchte ein Lächeln.

„Wohl wahr. Ich hatte in der Tat einen sehr schönen Abend. Im Gegensatz zu dir, vermute ich mal. Was ist denn los? Du bist ja ganz aufgelöst."

„Mein Abend war eigentlich auch ganz in Ordnung. Aber ich musste an die kommende Woche denken, wenn ich zurück in Hamburg sein werde", fing sie nun an zu erzählen.

„Da kommt mein Freund wieder. Der war jetzt für ein Jahr in Australien, hatte dort einen Job bei einem Software-Hersteller angenommen. Angeblich ganz wichtig und ein riesiger Karriereschritt für ihn. Wir hatten uns zwar geschworen, dass wir uns die Treue halten und weiter zusammenbleiben werden, dass alles so sein wird wie bisher, wenn er zurück nach Deutschland kommen wird. Aber inzwischen habe ich da so meine Zweifel. Zum einen vermute ich, dass er es da in Melbourne nicht so eng mit der Treue sieht. Irgendwie ist er oft so komisch distanziert am Telefon, wenn wir uns denn dann mal sprechen. Und bereits zwei Mal hatte ich auch das Gefühl, er sei nicht alleine in seinem Appartement gewesen, als ich ihn dort anrief. Zum anderen bin ich mir auch nicht mehr im Klaren darüber, was ich überhaupt noch für ihn empfinde. Dabei war er doch meine große Liebe. Schon seit der Oberstufe waren wir zusammen und alle in der Schule hielten uns für das perfekte Paar. Ich wollte nie einen anderen Mann als ihn. Aber im Laufe des letzten Jahres hat das rapide nachgelassen. Vielleicht liegt es an der Distanz. Ich habe das Gefühl, wir haben uns sehr entfremdet. Er redet nur noch von seinem Job und interessiert sich überhaupt nicht mehr für meine Angelegenheiten. Immerhin habe ich doch mit einem Fotografiestudium angefangen und stecke da gehörig im Uni-Stress. Aber davon will er gar nichts hören. Genauso wenig wie ich von seiner scheiß Informatik." Sie fing wieder zu weinen an.

„Eigentlich bin ich auch nicht nur nach Prag gefahren, um meine Großeltern zu besuchen, sondern um mir klar darüber zu werden, wie es mit meiner Beziehung weitergehen soll. Doch da bin ich noch keinen Schritt vorangekommen. Ich weiß gerade selber nicht, was ich überhaupt will."

Sie wirkte richtig verzweifelt und schaute mich nun fragend an. Aber was sollte ich ihr raten? Mein betrunkenes Geschwafel würde sie jetzt bestimmt nicht gut ertragen. Gerne wäre ich in diesem Moment wieder nüchtern gewesen. Doch so schnell verabschiedet sich die grüne Fee nicht von einem. Also gab ich mir redliche Mühe, einigermaßen flüssig zu sprechen.

„Das klingt kompliziert. Im Endeffekt kannst ja nur du das entscheiden. Willst du ihn noch oder nicht? Bei der Entscheidung kann dir wohl keiner helfen. Manchmal ist es aber vielleicht besser, einen klaren Schlussstrich zu ziehen. Lieber ein Ende mit Schrecken, als ein Schrecken ohne Ende." Oh, wie mich meine Phrasen nervten, die ich immer wieder raushaute, wenn ich getrunken hatte. Das ließ sich kaum kontrollieren. Ehe ich mich versah, kamen sie auch schon aus meinem Mund. Und schon ärgerte ich mich darüber. Doch Maria schien damit für den Moment ganz zufrieden zu sein.

„Vielleicht hast du Recht. Ich habe ja auch noch ein paar Tage Zeit, mir darüber klar zu werden. Er kommt ja erst nächsten Donnerstag zurück. Anderseits versuche ich bereits seit Wochen, für mich eine Entscheidung zu treffen. Irgendwie läuft mir die Zeit davon. Und ich möchte endlich wissen, was ich will, und nicht weiter im Unklaren sein. Nichts wäre schlimmer, als ihm nach einem Jahr gegenüberzutreten und keine Ahnung zu haben, was ich fühle und für ihn empfinden soll."

Ich empfand im Moment erstmal nur ein Schwindelgefühl. Die grüne Fee tanzte wild mit mir durch die Nacht. Hatte mir Maria, die Frau, die ich doch vorhin erst kennengerlernt hatte, gerade ihre ganze Beziehungsgeschichte erzählt? Und lag da wirklich alles so im Argen? Treibt sie sich deshalb abends in Foltermuseen herum, in der Hoffnung, dort eine Lösung für ihre Probleme zu finden? Mir fiel es schwer, einen klaren Gedanken zu fassen und diesen auch noch festzuhalten. Dieser Absinth! Immerhin verspürte ich noch nicht das Bedürfnis, mir ein Ohr abzuschneiden. Aber wer weiß. Was nicht ist, kann ja noch kommen. Schon wieder so eine hohle Phrase. Hatte ich diese jetzt nur gedacht oder laut ausgesprochen? Meine Sinne spielten verrückt. Ich starrte Maria scheinbar so unsicher an, dass sie mich nun besorgt fragte, ob mit mir alles in Ordnung sei, worauf ich nur vorsichtig nicken konnte. Nicht zu heftig, denn dann würde sich das Karussell in meinem Kopfe noch schneller drehen als jetzt schon. Da hatte es mich ordentlich erwischt. Jakub hatte mich ja vor den Folgen eines Rendezvous mit der grünen Fee gewarnt. Aber ich traute mir das locker zu. Schließlich konnte ich genügend Erfahrungen im Umgang mit Rauschmitteln vorweisen. Hasch, Gras, Speed, Koks, Ecstasy – alles ausprobiert und schadlos überstanden. Da könnte mir doch so ein bisschen Wermut nicht viel anhaben. Von wegen!

„Du verdrehst ja deine Augen ganz schrecklich. Willst du dich nicht lieber auch mal hinsetzen?", fragte mich Maria plötzlich ernsthaft besorgt. Erst jetzt fiel mir auf, dass ich immer noch neben der Bank stand, auf der sie die ganze Zeit schon gesessen hatte. Ich muss einen merkwürdigen Anblick abgegeben haben, weswegen ich mich tatsächlich neben Maria niederließ.

„Ich glaube, ich habe mich auch wieder einigermaßen gefangen", gewährte sie mir nun weitere Einblicke in ihr Seelenleben. „Irgendwie hat es mich vorhin einfach so überkommen. Da stehst du auf dieser Brücke, schaust auf die beleuchtete Burg hoch und denkst dir nur, wie romantisch das alles ist. Und dann fällt dir dein Freund in Australien ein, von dem du nicht einmal mehr weißt, ob du ihn überhaupt noch liebst. Das kann einen doch schon mal kurzzeitig aus der Bahn werfen, oder?"

„Auf jeden Fall", murmelte ich. „Genau wieder dieser verdammte Absinth. Der schafft das auch. Oder viel besser die."

„Wie jetzt? Die Absinth?"

„Nein. Die grüne Fee. So wird dieses Teufelszeug nämlich auch genannt. Das habe ich heute gelernt. Und diese grüne Fee hat heute Abend ganz fest ihre Arme um mich geschlungen und will mich jetzt partout nicht mehr loslassen."

„Ach, das meinst du. Geradezu poetisch, wie du deinen Vollrausch hier umschreibst. Das gefällt mir. Hast du davon noch mehr auf Lager?"

War das jetzt ein vorsichtiger Flirtversuch von Maria? Auch wenn ich meine Sinne nicht alle beisammen hatte, entging mir das nicht. Oder bildete ich mir das nur ein? Mir fiel es zunehmend schwerer, die Situation zu beurteilen. Lief hier gerade alles glatt oder gänzlich aus dem Ruder?

„Vielleicht schon. Aber heute nicht mehr", versuchte ich mich locker zu geben. Das gelang allerdings nur sehr eingeschränkt.

„Glaube ich dir", entgegnete Maria. „Aber es würde mich sehr freuen, wenn wir uns morgen wiedersehen würden. Vielleicht ja bei dem Ska-Konzert im Klub 007? Oder wollen wir uns nicht vorher schon treffen und gemeinsam nach Strahov fahren?"

„Sehr gerne. Ich bin mittags noch mit Jakub zum Essen verabredet, aber ab dem

Nachmittag habe ich Zeit. Wann und wo wollen wir uns treffen?"

„Ich würde doch sagen, oben auf der Burg. Von da hat man einen famosen Blick über die Stadt und kann zu Fuß durch das kleine Wäldchen nach Strahov gehen. Um fünf Uhr vor dem Haupteingang? Passt dir das?"

Und ob. Das klang gut. Ich nickte zustimmend und musste dabei aufstoßen. Hauptsache ich würde das bis morgen, wenn ich wieder ausgenüchtert sein würde, nicht vergessen haben. Dem galt es vorzubeugen.

„Hast du vielleicht noch mal kurz einen Stift für mich?", fragte ich daher Maria.

„Wozu? Willst du mir deine Telefonnummer aufschreiben? Du gehst aber ran."

„Nein, ich will mir nur unseren morgigen Treffpunkt aufschreiben. Nicht, dass mir die grüne Fee heute über Nacht die Erinnerungen raubt und ich morgen auf dem Schlauch stehe."

Jetzt lachte Maria laut auf und kramte aus ihrer Handtasche einen Kugelschreiber. Nachdem ich mir Ort und Zeit unseres Wiedersehens auf den rechten Arm geschrieben hatte, verabschiedeten wir uns mit einer flüchtigen Umarmung. Sie wollte die Moldau entlang zu ihren Großeltern nach Smíchov gehen, ich über die Karlsbrücke zu meiner Tram. Wenn diese denn überhaupt noch fahren würde.

Das Aufstehen fiel mir nicht leicht, das Gehen noch etwas schwerer. Aber ich gab mir redlich Mühe, einen halbwegs geraden Gang zu imitieren. Ich spürte noch Marias sorgenvolle Blicke ob meines Zustandes im Rücken. Daher drehte ich mich auch nicht mehr um, sondern versuchte kerzengerade und zielstrebig davonzuschreiten. Ob es mir gelang, weiß wohl nur der heilige Nepomuk.

Ohne weitere Zwischenfälle erreichte ich die Karlsbrücke. Die war inzwischen fast menschenleer und verbreitete in ihrem nächtlichen Glanz einen noch größeren Zauber als am Abend, wo sich die Touristen noch in Massen darüber geschoben hatten. Man sollte das verbieten und die Brücke nur für ausgewählte Besucher wie mich öffnen. In den zwanziger Jahren soll hier sogar mal eine Straßenbahn gefahren sein. Ein schrecklicher Gedanke. Ich schaute noch einmal auf die Kampa-Insel zu meiner Rechten, wo ich mich ja bereits morgen Mittag wieder einfinden würde. Ein schöner, beschaulicher Ort im trubeligen Prag. Langsam bekam ich das Gefühl, ein wenig auszunüchtern. Die grüne Fee schien sich so ganz allmählich auf die Nachtruhe vorzubereiten. Da wurde ich jäh aus meinen Gedanken gerissen. In einem mir unverständlichen Tschechisch quakte mich jemand aus dem Halbdunkel an. Ich blieb stehen und versuchte auszumachen, wer da mit mir sprach. Ich entdeckte im Schatten einer Statue einen alten Mann mit seiner Staffelei. Ein Brückenmaler, wie es sie hier am Tage unzählige gab. Ich machte einen Schritt auf ihn zu und gab ihm zu verstehen, dass ich leider nur Englisch und Deutsch sprechen würde.

„Ach, ein Deutscher", sagte er mit seiner hohen und kratzigen Stimme. „Achtung, Kamerad. Bier und Schnitzel. Und zwar zack zack.

Ausweis. Papiere." Sein Vorrat an deutschen Vokabeln war nicht schlecht. Wenn auch ein bisschen vorurteilsbehaftet.

„Danke, gut. Und ihnen, mein Herr?", antworte ich ihm ungeachtet seiner Provokation.

„Willst du ein Bild kaufen? Ich habe hier schöne Bilder. Guck nur." Erst jetzt sah ich, dass er auf seinem Kopf zwei Teufelshörner aus Plastik trug, wie man sie vom Karneval her kennt. Er schob mir eine gelbe Mappe entgegen, die er für mich aufschlug, damit ich mir seine Bilder ansehen konnte. Es waren Kreidezeichnungen im DIN A4-Format, die in bunten, grellen Farben die markanten Punkte von Prag zeigten. Das Altstädter Rathaus mit der astronomischen Uhr, die Burg und den Veitsdom, das Kloster Strahov, das Clementinum, den Pulverturm und nicht zuletzt immer wieder die Karlsbrücke mit ihren Statuen. Doch das Besondere und Auffällige daran war, dass auf jedem Bild aus irgendeiner Ecke ein Teufelchen hervorlugte und den Betrachter diabolisch angrinste. Eine gewisse Ähnlichkeit mit dem Maler mit seinen Hörnern war dabei sicherlich kein Zufall. Wirklichen Gefallen konnte ich an diesen quietschbunten Bildern nicht finden. Dazu waren mir die Farben zu aufdringlich und die Motive zu beliebig. Lediglich das Teufelchen respektive der Maler selbst, der sich in jedes Motiv eingebracht hatte, machte mir beim Betrachten Spaß. Diese originelle Idee gab den Bildern etwas Besonderes. Ich überlegte, eines zu kaufen und es für Udos und meine WG-Küche mit nach Hamburg zu nehmen.

„Nicht nur immer gucken, Tourist. Auch kaufen", blaffte mich das Teufelchen nun von der Seite an, ehe ich mein Kaufinteresse hätte äußern können. Frech und aufdringlich war er, aber das dürfen Teufel wohl sein.

„Was kostet denn so ein Bild?", wollte ich jetzt von ihm wissen. Er runzelte die Stirn und schaute mich fragend an.

„Heute Nacht nur zweitausend Kronen." In versuchte mir den Wechselkurs ins Gedächtnis zu rufen und zu errechnen, wieviel Mark das entsprechen würde. Die grüne Fee war leider immer noch an meiner Seite, auch wenn sie den Abstand zu mir inzwischen ein wenig gelockert hatte, und machte mir das Rechnen nicht gerade leicht. Aber ich war mir jedenfalls sicher, dass mir das viel zu teuer war. Wenn ich mich nicht irrte, müssten es ungefähr hundertfünfzig Mark gewesen sein.

„Danke. Aber das ist mir zu viel. So viel Geld habe ich leider nicht." Das war noch nicht einmal mehr gelogen, denn von meinen umgetauschten zweihundert Mark war vielleicht noch gut die Hälfte übrig. Ich würde morgen mal wieder in eine Wechselstube gehen müssen. Dennoch war es eher eine Notlüge, denn selbst mit allem Geld der Welt im Portemonnaie hätte ich keine zweitausend Kronen für eine dieser kindlichen Malereien ausgegeben.

Jetzt funkelte der Maler mich mit seinen irren Augen an und warf mir böse Blicke zu. Er fing an, mich zu beschimpfen.

„So seid ihr Deutschen. Kommt in unser Land, guckt euch alles an, trinkt unser Bier, weil es so schön billig ist, fickt unsere Frauen, die noch billiger sind, freut euch, dass ihr Prag als einzige Stadt im Krieg nicht zerstört habt und ihr sie jetzt besichtigen könnt, aber für Kunst wollt ihr kein Geld ausgeben. Dafür habt ihr keinen Sinn. Disziplin und Gehorsam. Das ist wichtig für euch. Aber das interessiert den Teufel nicht. Der spuckt auf euch und holt euch irgendwann ab. Nimmt euch mit zu sich in die Unterwelt."

Ich war überrumpelt und zuerst sprachlos. Mit seiner verbalen Attacke hatte ich nicht gerechnet. Auf so einen Beleidigungsschwall war ich nicht vorbereitet. Was hatte ich ihm denn getan? Ich wollte doch nur keines seiner Bilder kaufen. Aber es lag sicher nicht an mir persönlich, sondern an den Deutschen allgemein. Die schienen ihm in der Vergangenheit einiges angetan zu haben. Warum sollte er sonst einen solchen Gram in sich tragen? Ich versuchte ihn zu beschwichtigen.

„Nimm das mal nicht persönlich mit den Bildern. Ich verstehe wirklich nicht viel von der bildenden Kunst. Und ausreichend Geld habe ich tatsächlich nicht dabei."

„Das ist mir egal. Du bist ein Narr und Dummkopf. Du wirst schon sehen, wo dich das hinführen wird. Warte nur ab, Glück wirst du im Leben nicht finden."

Jetzt wurde es mir zu bunt. Was bildete sich der Kerl eigentlich ein? Seinen Frustablasser brauchte ich hier heute Nacht nicht zu spielen. Das war mir zu blöd.

„Steck dir deine blöden Bilder doch in den Arsch. Die sehen eh so scheiße aus, dass ich mir die niemals aufhängen würde", begab ich mich jetzt auf sein Niveau herab. Wenn er pöbeln konnte, tat ich das auch.

„Und jetzt spottet der Deutsche auch noch. Er spöttelt auf der Karlsbrücke. Mein Herr, das hättest du nicht tun sollen. Denn jetzt kommt der Wassermann und zieht dich in die Tiefen des Flusses. Du wirst schon sehen.‟

Oh nein, nicht schon wieder so ein Wassermann! Aber ich erinnerte mich an die Geschichte, die mir Jakub erzählte. Keinen Hohn und Spott beim Überqueren der Moldau von sich geben. Daran hätte ich denken sollen. Jetzt war es zu spät. Aber was sollte schon an diesen alten Märchen dran sein? Wen interessierte schon der Wassermann? Ich hatte ja meine grüne Fee, die würde schon auf mich aufpassen.

„Ach, leck mich doch‟, knurrte ich den Alten noch an, drehte mich von ihm weg und ging meines Weges über die Brücke. In meinem Rücken blieb es still. Ich erwartete weitere Schimpftiraden in meine Richtung, doch diese blieben aus. Nach wenigen Metern schaute ich noch einmal über die Schulter zurück, um nach dem Maler zu schauen, doch er war weg. Oder ich konnte ihn zumindest im Dunkeln hinter der Statue nicht mehr ausmachen. Hatte ich das gerade wirklich erlebt? Hatte dieser Typ mit seinen Plastikhörnern wirklich eben noch vor mir gesessen und mich beschimpft? Ich begann an mir zu zweifeln. Was würde die grüne Fee noch alles mit mir anstellen? Schnell versuchte ich den verrückten Maler zu verdrängen. Doch sein Fluch hing weiter in der Luft.

Ich ging der Altstadt weiter entgegen und versuchte den Teufelsmaler zu vergessen. Allerdings wurde ich das Gefühl nicht los, dass mich all die Statuen rechts und links von mir anstarrten. Waren die wirklich nur aus Stein und ohne Leben? Im Zwielicht der Laternen bildete ich mir so manche Bewegung und Grimasse ein. Oder bildete ich mir das gar nicht ein? Heute Abend auf meinem ersten Gang über die Karlsbrücke waren das einfach nur kunstvoll gemeißelte Figuren aus verschiedenen Epochen gewesen. Doch nun hatten sie etwas Lebendiges an sich. Hat mir die heilige Barbara da nicht gerade zugezwinkert? Und der heilige Xaverius mit seinen bekehrten Indern, Chinesen und Arabern? Will der mich jetzt auch von seinem Glauben überzeugen? Warum schaut mich Ludmila nur so böse an? Als ich an der Figur von Nepomuk ankam, blieb ich stehen und drückte meine Hand auf die Gedenktafel zu seinen Füßen. Die war von all den Berührungen anderer Besucher zuvor ganz glatt poliert und strahlte im Laternenlicht. Der Glanz beruhigte mich. Jetzt bring mir Glück, Nepomuk, dachte ich, und lass den Fluch verschwinden. Du beschützt mich nun vor dem Teufel und seinen Wassermännern. Ich erschrak. Was war mit mir los? Jetzt redete ich schon mit mittelalterlichen Actionfiguren auf einer Brücke, weil ich Angst vor alten Sagengestalten hatte? So weit war es also in dieser Nacht mit mir gekommen? Grüne Fee, da hast du ganze Arbeit geleistet!

Zügigen Schrittes ging ich nun bis zum Ende der Brücke und war insgeheim froh, dass mich nicht doch ein Wassermann abgefangen hatte. Man konnte sich bei solchen Geschichten ja nie ganz sicher sein. Irgendwas war meistens dran.

An der Tram-Haltestelle angekommen, stellte ich fest, dass die Linie zu meinem Bootel nicht mehr fahren würde, es aber eine nächtliche Ersatzbahn gab, die in vier Minuten kommen sollte. Da hatte ich dann ja mal Glück gehabt.

Während der Straßenbahnfahrt dachte ich über den Tag nach. Was war da alles passiert? Bin ich wirklich erst seit heute Mittag – ok, inzwischen hatte der neue Tag längst angefangen – in Prag? Ich hatte das Gefühl, schon lange hier zu sein, Jakub und Maria bereits ewig zu kennen. Und die grüne Fee? Wie war das noch, bevor sie in mein Leben getreten war? Mir fiel das Dope ein, das ich so heldenhaft über die Grenze geschmuggelt hatte und das seitdem in meinem Koffer darauf wartete, von mir geraucht zu werden. Vielleicht würde mich das ein bisschen herunterholen und friedlich schlafen lassen. Ein wenig Beruhigung konnte ich jetzt wirklich gut gebrauchen.

Second rule is ...

Was war das gestern bloß für ein Tag? Und vor allem, was für ein Abend? War mir das alles wirklich passiert, was mir seit dem Aufwachen im Kopf herumschwirrte? Nach und nach griff ein Teilchen ins andere und es vervollständigte sich das Bild meines ersten Tages in Prag. Das war nicht unbedingt langweilig, nicht schlecht. Da hast du es ja gleich ganz gut laufen lassen, attestierte ich mir. Und heute sollte es direkt weitergehen. Um eins stand ein Mittagessen mit meinem neuen Freund Jakub an und auf meinem Arm war in kritzeliger Schrift „17 Uhr Maria Treffen vor der Burg" zu lesen. Darauf freute ich mich.

Auch wenn unser schnelles Wiedersehen im Kampa-Park bei Nacht nicht unter den besten Umständen stattgefunden hatte, so ging mir diese Frau nicht mehr aus dem Kopf. Und ob ihr Freund ein wirkliches Hindernis darstellen würde, sollte sich ja erstmal noch herausstellen. Es klang ja nicht so, als würde sie ihn noch heiß und innig lieben. Erstmal abwarten, wie sich die Geschichte so entwickeln würde. Einem gemeinsamen Abend stände jedenfalls nichts mehr im Wege. Und das Ska-Konzert, das Maria vorschlug, klang doch ganz gut. Mal schauen, wie sich die Szene hier in Prag so präsentierte. Das könnte ja recht spannend werden. Vor allem aber war ich darauf aus, Maria weiter kennenzulernen, Zeit mir ihr zu verbringen. Schließlich wollte sie am folgenden Tag Prag wieder verlassen und nach Hamburg zurückkehren, was ich ja zu diesem Zeitpunkt noch nicht vorhatte.

Erst einmal wollte ich mich nun aber ein wenig frisch machen und wieder halbwegs Mensch werden. Die Spuren des Alkohols von gestern steckten mir noch in den Knochen und vor allem im Kopf. Eine Dusche würde Abhilfe schaffen.

Nachdem ich wieder einigermaßen hergestellt war, konnte ich aufbrechen. Es war kurz nach zwölf, ausreichend Zeit, um pünktlich auf Jakub zu treffen. Und Hunger hatte ich inzwischen auch. Ein deftiges böhmisches Mahl würde auch die letzten Lebensgeister wieder in mir wecken.

„Das war ja ein ereignisreicher Abend gestern. Gleich zwei interessante Frauen habe ich kennengelernt. Die grüne Fee und Maria, die Frau aus dem Foltermuseum. Die habe ich gestern Nacht noch einmal getroffen, nachdem wir beide uns verabschiedet hatten", begann ich Jakub von meiner gestrigen Nacht zu erzählen.

„Außerdem lief mir noch ein Teufelsmaler über den Weg, der mich verflucht hat, weil ich keines seiner blöden Bilder kaufen wollte."

„Du meinst sicher Plock. Den kennt hier in Prag jeder. Seit Jahren malt er schon auf der Karlsbrücke seine Teufelsbilder. Und ja, ein wenig verrückt ist er im Laufe der Zeit darüber auch geworden. Aber Plock ist harmlos."

„Harmlos? Der wollte mir den Wassermann auf den Hals hetzen, von dem du mir erzählt hast. Also ihr Prager seid schon ein seltsames Völkchen. Ihr mit euren ganzen Gespenstern.

Da kann einem im Alkoholrausch schon mal ganz unheimlich zu Mute werden."

„Vielleicht stimmt das sogar. Die düstere Seite ist vielleicht die intensivste von Prag. Ohne seine Mythologie wäre die Stadt heute nicht das, was sie immer noch ist. Geschichte zum Anfassen. Vom Mittelalter bis in die heutige Zeit."

Mir fiel dazu die John-Lennon-Wand ein, an der ich gestern Nacht auf der Kampa-Insel vorbeikam und fragte Jakub danach.

„Du hast noch nicht von der John-Lennon-Mauer in Prag gehört?", fragte er mich verwundert. „Die ist bis heute ein Sinnbild der jugendlichen Ideale wie Liebe und Freiheit. Also der Werte, für die John Lennon vor allem in seinen letzten Jahren sehr engagiert einstand. In den achtziger Jahren wurde diese Mauer auf der Rückseite des Malteserklosters von Jugendlichen mit Texten von John Lennon beschrieben und mit Graffitis bemalt. Das passte der Obrigkeit des damaligen kommunistischen Regimes natürlich überhaupt nicht, so dass sie diese überstreichen ließ und die vermeindlichen Täter als Soziopathen, Alkoholiker, Agenten und Geisteskranke brandmarkte. Aber selbst als sie die Wand zwischendurch neu streichen ließen, dauerte es keine drei Tage und sie war wieder bunt. Inzwischen ist die Mauer immer wieder übermalt worden, aber die Kernaussage John Lennons bleibt bestehen. Der Malteserorden erlaubt das Bemalen seiner Wand übrigens seit Jahren ausdrücklich. Aber erzähl mir lieber von deiner Begegnung mit der Folterfrau", wechselte Jakub nun das Thema.

„Also, Folterfrau trifft es wohl nicht so ganz. Die war nur aus reiner Langeweile dort im Museum. Jedenfalls saß sie gestern Nacht alleine im Kampa-Park und heulte vor sich hin. Da dachte ich schon, die traurige Anežka würde dort darauf warten, von ihrem Fluch befreit zu werden. Wieder so ein gruseliger Moment hier. Aber es war dann doch Maria, die mir von ihrem Liebeskummer erzählte."

„Und? Hast du sie trösten können? Sie hat dir doch gefallen, oder?"

„Vielleicht konnte ich sie ein bisschen trösten. Aber ohne Körperkontakt, wenn du darauf hinaus wolltest."

„Ich? Nein, sexuelle Hintergedanken sind mir fremd. Schau mich doch an. Mit dem Thema körperliche Liebe habe ich mich das letzte Mal vor über zehn Jahren befasst."

„Dann wird es vielleicht mal wieder Zeit. Wie auch immer, später treffen wir beiden uns vor der Burg und gehen dann zusammen zu einem Ska-Konzert."

„In welches Konzert wollt ihr gehen? Wer oder was ist Ska?", wollte Jakub nun von mir wissen. Es gab also doch Wissensgebiete, auf denen mein neuer Freund Defizite aufwies.

„Ska ist ein Musikstil, eine Spielart des Reggaes. Oder um es genauer zu sagen, sein Vorläufer. Es handelt sich also um jamaikanische Off-Beat-Musik aus den sechziger Jahren, die aber seitdem praktisch in jeder Dekade ein Revival feiern konnte. Zurzeit ist sogenannter Ska-Punk ganz groß angesagt. Da wird dann die Rhythmik und des Ska mit der Härte und Geschwindigkeit aus dem Punkrock gepaart.

Und so unterscheidet man dann gern zwischen traditionellem Jamaika-Ska, britischen Two-Tone-Ska, wie er in den achtziger Jahren durch Bands wie Madness oder Specials populär wurde, und modernem Neo-Ska. Du siehst, mein lieber Jakub, da gibt es scheinbar noch einiges für dich zu lernen", spielte ich nun den Oberlehrer und war froh, dass auch ich mal ein wenig Bildung vom Stapel lassen konnte. Schließlich war es bislang ja stets Jakub gewesen, der mich mit seinem Wissen über Prag und seine Geschichte zu beeindrucken wusste.

„Bisher wusste ich gerade mal, dass es Reggae überhaupt gibt. Bob Marley habe ich wohl schon gehört. Aber alles weitere sind böhmische Dörfer für mich." Er lachte laut auf über seinen Witz. „Ich selber beschäftige mich eigentlich nicht mit Pop-Musik", fuhr er weiter fort. „Zu Hause in meinem Elternhaus gab es nur klassische Musik. Das hat mich geprägt. Auch später dann in Deutschland während der Schul- und Studienzeit. Zum Glück hat Prag da ja auch einiges zu bieten. Unsere Oper, das Rudolfinum und das Clementinum, die Konzerte in der Spanischen Synagoge oder im Konservatorium. Man sagt ja auch, dass Mozart seine glücklichsten Jahre in Prag verbracht haben soll. Hier wurde „Don Giovanni" uraufgeführt. Und mit Smetana und Dvořák haben wir ja auch zwei eigene, große Namen in der Riege der berühmten Komponisten. In einer Stadt mit solch einer Tradition in klassischer Musik bedarf es doch keiner anderen Richtung. Wenn überhaupt, lasse ich mir spät am Abend mal ein wenig Jazz in einer der entsprechenden

Bars gefallen. Das funktioniert dann mit genügend Alkohol ganz prima. So wie gestern Abend im U malého Glena. Gut aushalten kann man es noch im Reduta-, Agharta- oder Ungelt-Jazzclub. Die sind alle drüben in der Altstadt. Jazz hat in Prag ja inzwischen auch eine so große Tradition, dass man da nicht ganz dran vorbeikommen kann. Aber wer braucht denn da Reggae-Konzerte?"

„Ska. Wir gehen auf ein Ska-Konzert. Die Unterschiede habe ich doch versucht, dir zu erklären. Du darfst da nicht alles in einen Topf werfen. Zwischen Smetana und Dvořák liegen doch auch Welten. Stell dir bitte mal vor, ich würde behaupten, dieses ganze klassische Zeug klingt doch eh alles gleich. Da würdest du mir zu Recht heftig widersprechen."

„Wahrscheinlich stimmt das auch, das mit deinem Ska und Reggae. Vielleicht bin ich nur einfach schon zu alt für neue Musikrichtungen in meinem Leben. Ich bin ja glücklich mit dem, was ich schon kenne."

„Man ist doch nie zu alt, sich Neuem zu öffnen", widersprach ich nun Jakub. „Komm doch mit und schau dir mal ein Ska-Konzert an. Vielleicht gefällt es dir ja besser, als du es dir vorstellen kannst."

„Ich würde ja gerne mitkommen, aber erstens will ich bei euerm Rendezvous nicht das fünfte Rad am Wagen sein und zweitens muss ich heute Nachmittag nach Karlsbad fahren. Dort habe ich ab morgen für eine Woche eine Vertretungsstelle am dortigen Gymnasium", klärte mich Jakub über seine weiteren Pläne auf.

„Ach, dann sehen wir uns gar nicht mehr wieder?"

„Das würde ich nicht sagen. Vielleicht zu einer anderen Zeit, an einem anderen Ort. Jedenfalls nicht in den kommenden Tagen hier in Prag. Das stimmt."

„Wie schade. Ich habe mich schon so auf neue Schauergeschichten gefreut."

„Eine will ich dir noch erzählen. Da kannst du dich später ja noch auf die Spurensuche begeben, wenn du Lust hast. Allerdings dann eben ohne mich.

„Leider, leider, aber so soll es dann sein. Also, lass hören."

„Es gibt in der Altstadt eine Jakubskirche, die Svatý Jakub Větší, zu Ehren meines Namenspatrons. Dort spielt die Geschichte. Sie handelt von einem Dieb, der sich nachts vom Küster in der Kirche heimlich einschließen ließ, weil er die Gaben, die zu Ehren der heiligen Mutter Maria vor ihre Statue gelegt wurden, stehlen wollte. Um ihre Gnade zu erlangen, legten die Menschen damals viel von ihrem wertvollen Hab und Gut dort ab. Geld, Schmuck, Edelsteine, Seide – alles was ein betuchter Prager im Mittelalter so an Kostbarkeiten im Hause hatte. Als der Dieb nun also zugreifen wollte, ergriff ihn die heilige Mutter Gottes und hielt ihn an seinem rechten Arm fest. Der Dieb flehte sie an, doch bitte wieder loszulassen, er würde auch nichts klauen wollen. Es täte ihm leid, aber der Griff der Statue ließ nicht locker. Die ganze Nacht über war er nun in der Gewalt Marias. Als am nächsten Morgen die Pforten der Kirche geöffnet wurden und die Gemeindemitglieder ihn dort vorfanden, machten sie kurzen Prozess mit ihm und hackten seinen rechten Arm ab. Die heilige Jungfrau beklaut man nicht ungestraft. Den Arm kannst du dir übrigens immer noch angucken. Der hängt bis heute als Warnung in der Kirche an der Wand", beendete Jakub seine Erzählung.

„Da hängt seit Jahrhunderten ein menschlicher Arm an der Wand? Der muss doch längst verwest sein", wandte ich ein.

„Sagen wir eher mumifiziert. Schau ihn dir an und du wirst sehen, dass ich Recht habe. Du findest die Jakubskirche zwischen Altstädter Ring und Pulverturm."

„Das klingt ja spannend. Auf jeden Fall schaue ich mir das an. Das könnte faszinierend sein. Du hast ja in Münster studiert, sagtest du. Dann kennst du doch bestimmt die drei Käfige, die dort am Turm der St. Lamberti-Kirche hängen. Da wurden im sechzehnten Jahrhundert die Leichen von drei Wiedertäufern nach deren Folterung und Hinrichtung mahnend zu Schau gestellt. Als Kind fand ich das immer sehr gruselig, da ich dachte, die würden da bis heute noch drin liegen."

„Die Geschichte der drei Wiedertäufer in Münster kenne ich natürlich auch. Die drei Leichen sind jedoch längst weg. In der Jakubskirche ist es zwar nur ein Arm, aber der hängt bis heute dort."

Wir bekamen unser Essen und widmeten uns mit Hingabe der Mahlzeit. Für uns beide gab es zuerst ein Prager Guláš, welches in einem Brotlaib serviert wurde, danach eine halbe geröstete Ente mit Kraut und Knedlíky. Es schmeckte köstlich und war so deftig und schwer, dass wir im Anschluss dringend einen Becherovka zur Verdauung brauchten.

„Jetzt ist es an der Zeit, Abschied zu nehmen", ergriff Jakub bedeutungsschwer das Wort. „Ich muss noch einmal nach Hause, meinen Koffer packen und dann nach Karlsbad fahren. Und du hast ja noch ein Stelldichein vor dir. Es war mir eine große Freude, dich kennengelernt zu haben und dir ein wenig von meiner Stadt zeigen zu können."

„Die Freude ist ganz auf meiner Seite, lieber Jakub. Dank dir habe ich in anderthalb Tagen schon mehr von Prag kennengelernt und gesehen, als sonst wohl in einer ganzen Woche nicht."

Wir tauschten unsere Adressen und Telefonnummern aus und versicherten uns, in Kontakt zu bleiben. Das war sehr ehrlich gemeint. Zum Abschied umarmten wir uns und ich stellte noch einmal fest, in was für einem unglaublich massigen Körper mein neuer Freund steckte. Ein bisschen wehmütig blickte ich ihm hinterher, als er sich in Richtung Tram auf den Weg machte.

Ich hatte noch über zwei Stunden Zeit bis zu meinem Treffen mit Maria und beschloss, diese dafür zu nutzen, mir die Jakubskirche und den dort hängenden Arm anzuschauen. Also machte ich mich einmal mehr auf den Weg über die Karlsbrücke.

Das Ding hing da wirklich. Als ich die Jakubskirche betrat, stolperte ich fast in eine amerikanische Reisegruppe, die darunter stand und sich von ihrem Guide die Geschichte des Arms erzählen ließ.

Ich starrte auch dieses verschrumpelte, schwarze Etwas dort an der Wand und wartete darauf, dass es etwas mit mir machen würde, dass es etwas in mir auslösen könnte. Es passierte aber erstmal nichts. Doch dann begriff ich, dass die Geschichte mit dem Kirchendieb einen wahren Kern haben musste, sonst würde sein Arm ja nicht auch nach über fünfhundert Jahren hier immer noch hängen. Steckte in den anderen Erzählungen von Jakub auch stets ein Funken Wahrheit? Hatte es Anežka wirklich gegeben? Waren die Wassermänner in Wirklichkeit arme Bettler, die unter Brücken lebten und ab und an mal einen braven Bürger überfielen? Das konnte doch nicht alles Fiktion sein. Jakub tat stets so, als gehörten diese Figuren zu Prag wie die Burg und die die Teinskirche als ein Teil der langen Stadtgeschichte.

Als ich aus dem kühlen Inneren der Kirche in die schwüle Nachmittagsluft trat, wurde mir ein bisschen schwindelig. Mein Blick fiel auf eine Bar nebenan, die mit allerlei Skurilitäten ihre Fenster geschmückt hatte. Da waren Skelette und Mönche, Hexen und Vampire zu sehen. Die Bar hörte auf den schönen Namen Chapeau Rouge. Hier wollte ich mich setzen und erfrischen.

Im Inneren der Bar lief die Klimaanlage auf Hochtouren und sorgte für eine angenehme Abkühlung. Doch auch hier war die Luft unglaublich verraucht, was mich allerdings nicht lange störte. Ich gewöhnte mich schnell daran und bestellte mir ein großes Bier. Doch bevor ich mich diesem zuwenden konnte, musste ich die Toiletten aufsuchen.

Auf dem Weg dorthin erwartete mich eine Überraschung. Mitten im Gang stand ein junger Typ mit einem Bauchladen, in dem er diverse Sorten Gras und Hasch anbot. Ein richtiger Kramer für Kiffer. Ich nickte ihm zu, ging an ihm vorbei und verrichtete mein Geschäft. Währenddessen dachte ich an mein Dope, das ich im Hotel hatte liegen lassen. Warum eigentlich? Hier hätte ich doch jetzt schön davon rauchen können. Die verqualmte Luft in der Bar kam wohl sicherlich nicht nur vom Tabak. Das konnte ich riechen. Vielleicht sollte ich also bei dem freundlichen Händler da draußen etwas kaufen. Das schien hier ja so etwas wie ein inoffizieller Coffeeshop zu sein. Denn so weit ich wusste, waren weiche Drogen in Tschechien genauso verboten wie bei uns in Deutschland. Nur scheint es zumindest hier im Chapeau Rouge andere Regeln zu geben.

Ich kaufte mir für zweihundert Kronen ein kleines Beutelchen Gras und fing an, mir an meinem Tisch einen Joint zu drehen. Aus den Augenwinkeln konnte ich beobachten, dass die Gäste an gleich zwei weiteren Tischen es mir gleichtaten. Ich war also in guter Gesellschaft.

Das Gras knallte gehörig, haute mächtig rein. Ich war unheimlich stoned, als ich das Chapeau Rouge wieder verließ. Wie in Trance bahnte ich mir den Weg durch die Passanten in Richtung Moldau. Um fünf musste ich oben an der Burg sein, um Maria zu treffen. Das würde ich schaffen, bloß nicht zu spät zur ersten Verabredung kommen!

Ich schaffte es mehr als rechtzeitig. Als ich oben auf den Hradschin ankam, war es gerade mal vier Uhr. Ich hatte noch eine Stunde Zeit, bis Maria kommen würde.

Die Sonne schien erbarmungslos auf den Vorplatz der Burg und ich sehnte mich nach einem kühlen Plätzchen. Da fiel mein Blick auf eine Hinweistafel der Pinakothek in der Burg. Dort würde es bestimmt angenehm kühl sein und ich könnte mir die Zeit mit ein paar alten Ölschinken vertreiben.

Die Ausstellung bestand ausschließlich aus Gemälden des sechzehnten und siebzehnten Jahrhunderts von mir meist unbekannten Künstlern. Aber auch ein paar alte Meister, deren Namen ich schon mal gehört hatte, fanden sich dazwischen. Mein Hauptaugenmerk fiel allerdings auf ein Gemälde von Josef Heintz dem Älteren: „Das jüngste Gericht". Wenn dieses so aussehen sollte, wie es hier dargestellt wurde, dann könnte es für meinen Geschmack gerne kommen. Da tummelten sich die Menschen in ausschweifenden Festen und gaben sich der Wollust und Völlerei hin. Doch im Gegensatz zu anderen Bildern mit dieser Thematik gab es keine Moralkeule, keine bestrafende Engelsschar, sondern nur gutmütig dreinschauende alte Herren in den Wolken, die das Treiben beobachteten. Ich verlor mich ein wenig in dem locker zwei Meter breiten Gemälde, bis mir einfiel, dass ich ja draußen eine Verabredung hatte. Inzwischen war es fünf Uhr. Ich musste mich sputen.

Als ich vor das Tor der Burg trat, musste ich mich erst einmal wieder an die Menschenmassen gewöhnen, die dort in kleinen und großen Grüppchen ihren Stadtbesichtigungen nachgingen. Zwischen japanischen, italienischen, deutschen, amerikanischen und sogar einigen tschechischen Touristen machte ich Maria dann aber doch schnell aus. Sie bestaunte einen Wachmann, der regungslos und ohne eine Miene zu verziehen in seinem Häuschen stand und auf den Platz stierte. Im Gegensatz zum Vorabend war Maria heute nicht so elegant gekleidet, sah aber dennoch toll aus. Wahrscheinlich hatte sie ihre Garderobe im Hinblick auf das spätere Ska-Konzert gewählt. Sie trug ein hellblaues Polo-Hemd von Fred Perry, dunkle Jeans und Samba-Turnschuhe von Adidas. Es stand ihr sehr gut. Die langen Haare hatte sie diesmal zu einem recht improvisierten Pferdeschwanz zusammengebunden.

„Das wäre auch kein Job für mich", sprach ich sie an, als ich an ihre Seite trat. „Den ganzen Tag steif herumstehen und keine Regung zeigen dürfen. Da wird man doch verrückt im Kopf."

„Ich weiß nicht. Irgendwie hat es ja auch etwas Meditatives. Der wirkt fast wie in Trance. Aber schön, dass du es hierher geschafft hast. Wie war dein gestriger Heimweg?", griff Maria den Gesprächsfaden sofort auf.

„Aufregend. Ich bin noch einem Teufelsmaler begegnet, der mich verflucht hat. Doch das erzähle ich dir mal in Ruhe. Hast du dich ein bisschen beruhigt? Du warst ja ganz schön am Boden."

„Ja, habe ich. Es tat scheinbar ganz gut, sich mal richtig auszuheulen. Das musste wohl sein. Und danke, dass du mir dabei Gesellschaft geleistet hast und mich ein wenig aufbauen konntest."

„Das habe ich gern getan. Was hätte ich um die Uhrzeit hier in Prag denn sonst machen sollen? Da spukt es doch in allen Straßen und Gassen. Schön, dass ich neben all den Gespenstern auch noch einen Menschen aus Fleisch und Blut getroffen habe."

„Da bin ich ja froh, dass ich dir im Kampf gegen die Dämonen zur Seite stehen konnte. Mir ist übrigens die ganze Zeit hier in Prag noch kein Gespenst über den Weg gelaufen."

„Du solltest mal mit Jakub und der grünen Fee um die Häuser ziehen. Dann würde dir das auch passieren. Plötzlich lauern die an jeder Ecke."

„Vielleicht ja auch in der Burg? Die ist immerhin alt genug. Hast du die schon besichtigt?", wollte Maria nun von mir wissen.

„Nicht wirklich. Ich war gerade nur ein bisschen in der Pinakothek und habe mir ein paar alte Schinken angeschaut. Die Burg selber und der Veitsdom sind mir im Moment aber zu voll. Das Gedränge der ganzen Touristen wäre mir zu viel. Vielleicht besichtige ich sie lieber direkt morgen in der Früh, wenn ich rechtzeitig wach werde. Du kennst sie ja bestimmt eh schon, oder?"

„Na klar. Ein Besuch der Burg gehört für mich eigentlich immer dazu, wenn ich in Prag bin. Das mag hier alles noch so touristisch sein, aber die Anziehungskraft dieser Anlage packt mich immer wieder. Du solltest auf jeden Fall mal spät am Abend, am besten kurz vor Mitternacht, hier heraufkommen. Dann bist du bis auf ein paar Wachen fast ganz alleine und im Licht der Laternen entwickeln die alten Gebäude, Mauern und Gassen wirklich eine eigene Magie. Es würde mich nicht wundern, wenn du da auch deine grüne Fee wiedertreffen würdest. Ich selber habe übrigens noch nie Absinth probiert. Schmeckt das?"

„Es geht. Schmecken kann man nicht wirklich sagen. Aber es wirkt. Vielleicht haben die ja heute Abend im Klub 007 welchen, dann gebe ich einen aus. Aber was wollen wir denn nun bis dahin machen?"

„Wir machen einen Spaziergang zum Kloster Strahov. Das liegt da hinten auf dem nächsten Hügel." Sie zeigte mit dem rechten Arm über den Hradschin nach Süden. Dort konnte man in einem Waldstück gut das strahlend weiße Klostergebäude und zwei Kirchtürme erkennen.

„Was wollen wir denn in einem Kloster? Ich würde ja den Besuch eines schönen Gartenlokals vorziehen. Zumal das Wetter ja immer noch so schön ist."

„Und genau deshalb gehen wir jetzt zum Kloster Strahov. Die haben nämlich nicht nur eine tolle alte Bibliothek, sondern auch eine eigene Brauerei mit entsprechender Schankwirtschaft. Da kann man schön im schattigen Biergarten das ein oder andere Klosterbräu trinken", klärte mich Maria auf.

Das klang nach einem guten Plan zur weiteren Gestaltung des Nachmittages, der sich langsam dem Abend näherte. Wir machten uns also auf den Weg über den Vorplatz der Burg, vorbei am Palais Schwarzenberg, dem Erzbischöflichen Palast und der Loreto Kapelle hinüber zum Kloster. Der Fußmarsch war nicht lang und bei den zahlreichen Sehenswürdigkeiten, die auf dem Weg lagen, auch im Nu vorbei. Wir traten durch ein Barocktor und standen direkt schon wieder vor einem Gotteshaus.

„Das ist die St. Rochus-Kirche. Eine von zweien hier in der Klosteranlage. Die andere, größere steht da drüben: die Klosterkirche Mariä Himmelfahrt. Aber diese hier ist dem heiligen Rochus geweiht. Das war hier in Prag der Pestheilige. Böhmen wurde 1599 von einer schweren Pestepidemie heimgesucht, doch wie ein Wunder wurde Prag fast komplett verschont. Aus Dank ließ der damalige König Rudolf II diese Kirche bauen und machte den Abt Jan Lohelius zum Pestheiligen. Das ist doch mal ein schöner Titel. Inzwischen wird die Kirche aber als Galerie genutzt und regelmäßige Ausstellungen moderner, tschechischer Künstler sind hier zu sehen. Gebetet wird drüben in der Klosterkriche. Und daneben ist die alte Bibliothek. Wenn du da drin stehst, fühlst du dich wie „Im Namen der Rose". Die ganzen alten Bücher in meterhohen Regalen, Wissen aus über tausend Jahren, da wird man ganz demütig. Die Bibliothek kann man natürlich auch besichtigen, allerdings nur bis fünf Uhr. Ich empfehle dir, hier noch mal hinzukommen, wenn du noch ein paar Tage in Prag sein solltest. Das lohnt sich."

Ich nahm mir vor, dieser Empfehlung von Maria nachzukommen und morgen früh wieder hier zu sein.

Jetzt steuerten wir beide allerdings zielstrebig auf den Biergarten gegenüber der Klosterkirche zu. Auch wenn dieser noch gut besucht war, fanden wir gleich einen freien Tisch mit Blick auf eine große Fensterfront, hinter der sich die eigentliche Brauanlage befand. Die bauchigen Bronzekessel leuchteten im Lichte der späten Nachmittagssonne.

„Prag, die goldene Stadt", scherzte ich. „So habe ich mir das vorgestellt. Mal schauen, wie das güldene Nass aus dem Kloster so schmeckt."

Wir bestellten zwei dunkle Bier und fingen an, uns zu unterhalten. Jobs, Freunde, Studium, WGs, Lieblingsbars, Musik, Literatur. Nur das Thema Liebe und Partnerschaft sparten wir vorerst aus. Dazu hatte sich Maria gestern Nacht ja ausreichend ausgelassen und ich selber konnte nicht allzu viel erzählen. Da gab es ja nicht viel bei mir zu berichten. Kurz musste ich an Susie denken. Der Frau war ich vor einigen Wochen in Hamburg begegnet und ich glaubte, mich in sie verknallt zu haben. Doch aus uns beiden wurde nichts. Sie ging zurück zu ihrem Freund und feierte mit ihm gemeinsam im Hamburger Nachtleben um die Wette. Mit Susie hatte ich zusammen gekokst und viel Spaß daran gefunden. Doch von den harten Drogen wollte ich weg. Das würde mit Susie nicht gehen. Viel zu sehr genoss sie den Rausch. Und ihr Freund hatte die Taschen voll mit dem Stoff. Das passte besser zusammen.

An ihrem Geburtstag hatte ich sie ein letztes Mal im Point One auf dem Kiez getroffen und festgestellt, dass uns Welten trennten. Das anfängliche Verknalltsein wich dem Blick auf die Realität. Susie suchte ihren Spaß. Ihren eigenen, ganz persönlichen. Wenn sie dazu einen Begleiter brauchte, schnappte sie sich einen, wenn nicht, zog sie das alleine durch. Und ihr Freund? Der sah aus wie Iggy Pop und dealte mit Koks. Ein tolles Paar. Eine andere Welt, in die ich zwar mal hineinschnupperte, fast stolperte und ganz darin versank, mich aber noch rechtzeitig auffangen konnte und feststellen musste, dass ich dort nicht wirklich hineingehörte. Ich wollte noch etwas anderes vom Leben als bekokst durch die Bars auf St. Pauli zu ziehen. Nicht zuletzt deshalb saß ich ja nun auch hier in Prag.

Maria schien ganz anders als Susie zu sein. Sie erzählte mir nicht von ihren letzten Partys und Abstürzen, nicht von irgendwelchen Drogeneskapaden und One-Night-Stands, sondern von ihrer WG mit drei Freundinnen in Altona, die sie kurz nach dem Abitur gemeinsam bezogen hatten, von ihrer Ausbildung zur Kinderkrankenschwester und ihrem jetzigen Beruf als Erzieherin in einer Einrichtung für Kinder- und Jugendpsychiatrie und davon, dass sie im vergangenen Jahr noch einmal ein Fernstudium für Fotografie begonnen hätte. Ich staunte nicht schlecht über einen so engagierten Karriereweg, der sich von meinem Zick-Zack-Kurs doch erheblich unterschied, auch wenn Maria dem nicht ganz zustimmen wollte. Auch sie hätte nie wirklich gewusst, was sie mal beruflich anstellen sollte. Lediglich den Wunsch, irgendwas mit Kindern zu machen, hätte sie schon seit frühester Jugend in sich getragen. Aber ein paar Jahre Arbeit mit gestörten Kindern hatten sie bereits ganz schön ausgelaugt, weswegen sie sich noch einmal für ein Studium entschieden hätte. Maria wirkte entschlossen und wusste, was sie wollte. Zumindest beruflich. Privat sah das anders aus. Davon konnte ich mich gestern Nacht im Kampa-Park überzeugen. Doch das Thema sparte ich weiter aus. Zu schön war die ungezwungene Unterhaltung, die wir beide führten, als dass ich diese nun belasten wollte. Ich war mir sicher, dass Maria im Laufe des Abends bestimmt von sich aus wieder auf ihren Freund zu sprechen kommen würde.

„Ich habe den ganzen Tag noch nicht wirklich viel gegessen", unterbrach mich Maria nun in meinen Gedanken. „Bei meinen Großeltern gab es zwar ein ordentliches Frühstück, aber seitdem bin ich unterwegs und jetzt meldet sich der Magen. Wie sieht es mit dir aus?" „Ich glaube nicht. Heute Mittag war ich mit Jakub im Restaurant Kornina Ente essen. Gut war es, aber auch so mächtig, dass ich mich immer noch gestopft fühle. Aber bestell du dir ruhig etwas. Die haben hier doch auch eine Küche in der Brauerei, oder?"

„Und ob. Hier gibt es die beste Drstkova Polevka in ganz Prag."

„Was bitte haben die hier?"

„Drstkova Polevka. Das ist eine tschechische Kuttelsuppe. Kennst du das nicht?"

„Nein. Sind Kutteln nicht irgendwelche Innereien?"

„Richtig. Um es genauer zu sagen, sind Kutteln in Streifen geschnittene Rindermägen. Also eigentlich Pansengeschnetzeltes. Und daraus macht man hier in Tschechien Suppe."

„Pansen? Ist das nicht sehr eklig?" Ein großer Freund von Innereien war ich noch nie. Mit Grauen dachte ich an die gebratene Leber, die ich als Kind essen musste. Wegen des hohen Eisengehaltes, hieß es da immer. Andere tierische Organe habe ich seitdem nicht probiert. Die Abscheu war da stets zu groß gewesen. Und Maria isst so etwas?

„Das ist überhaupt nicht eklig", widersprach sie mir. „Im Gegenteil. Wenn die Kutteln schön weich gekocht sind und die Suppe gut gewürzt ist, schmeckt das hervorragend. Ich bestelle mal eine Portion und du darfst probieren."

„Ich weiß nicht so recht. Lecker klingt das für mich nicht. Aber tu dir keinen Zwang an."

Maria winkte eine Kellnerin herbei und gab auf Tschechisch ihre Bestellung auf.

„Du sprichst tschechisch? Das hast du noch gar nicht erzählt."

„Ja, meine Mutter sprach von klein auf in ihrer Muttersprache mit mir. Natürlich fanden die eigentlichen Unterhaltungen zu Hause auf Deutsch statt. Mein Vater kann bis heute so gut wie kein Tschechisch. Aber meine Mutter wollte stets, dass ich die Sprachen ihrer beiden Eltern lernen würde. Natürlich ist mein Tschechisch nicht so gut und fließend wie mein Deutsch, aber es reicht aus, um sich zu unterhalten. Nicht zuletzt ja auch mit meinen Großeltern, die zwar ein wenig Deutsch können, sich aber bis heute weigern, die Sprache der Besatzer aus dem Zweiten Weltkrieg zu sprechen. Mit Deutschland haben die immer noch ein Problem. Was meinst du, wie unglücklich die waren, als ihre Tochter ihnen sagte, dass sie einen Deutschen heiraten wollte, weil sie von ihm ein Kind erwartete. Die Nazis haben sich wie im Rest der Welt auch hier im Protektorat Böhmen-Mähren nicht gut aufgeführt. Den Anschluss an das „Dritte Reich" haben sogar zahlreiche Prager zuerst noch befürwortet. Man erhoffte sich auch einen Aufschwung für das eigene Land. Als die Wehrmacht auf ihren Motorrädern über die Karlsbrücke knatterte, standen nicht wenige am Rand und jubelten ihr zu. Natürlich war das nur ein kleinerer Teil der Bevölkerung, aber es gab eben auch diese Stimmen. Insgesamt stieß das martialische Auftreten der Deutschen bei der Besetzung jedoch auf Ablehnung. Man sprach von der Niederlage ohne Krieg. Diese Ohnmacht bei Hitlers Annektion gilt bis heute als das zentrale Trauma des ausgehenden zwanzigsten Jahrhunderts bei vielen Tschechen. Außerdem hatte Prag seit je her eine große jüdische Gemeinde, wie du sicher weißt. Und dann kamen die Nazis und deportieren Großteile der jüdischen Bevölkerung nach Theresienstadt. Kein Wunder, dass man hier immer noch ein gespaltenes Verhältnis zum großen Nachbarn hat."

„Du bist ja ein wandelndes Geschichtslexikon", unterbrach ich Marias Ausführungen.

„Das bleibt nicht aus, wenn man in einer deutsch-tschechischen Familie aufwächst. Von

93

klein auf waren Nazi-Deutschland und die Besetzung Böhmens und Mährens ein zentrales Thema bei unseren Familienfeiern. Das hat mich oft sehr gelangweilt, glaub mir. Ich hatte dann immer das Gefühl, die Politik ist wichtiger als unsere Familie. Meine Großeltern sagten darauf nur, dass ich das nicht verstehen könnte, weil ich die Zeit nicht miterlebt hätte. Womit sie natürlich Recht hatten. Du musst dir mal vorstellen, die haben fast ihr gesamtes Leben in einem unfreien Land gelebt. Als die Nazis kamen, waren sie noch Kinder. Danach kamen die Russen und verleibten sich die damalige ČSSR ein. Plötzlich war man Teil des Warschauer Paktes und stand unter sowjetischer Herrschaft. Auf den Faschismus folgte der Sozialismus. Die eigene Identität blieb auf der Strecke. Als dann endlich mit Gorbatschows Perestroika die Wende kam, waren meine Großeltern bereits Rentner. Und jetzt fällt es ihnen schwer, die Freiheit zu genießen und sich daran zu erfreuen. Das Leben hat ihnen viel zu lange viel zu schlimm mitgespielt. Da kann man dann nicht einfach einen Schalter umlegen und noch einmal von vorne beginnen. Die Narben wird man nicht mehr los."

Die Kellnerin kam zurück an unseren Tisch und brachte Maria ihre Kuttelsuppe.

„Aber jetzt mal genug von der Politik", gab Maria den Themenwechsel vor. „Widmen wir uns der böhmischen Küche und dieser köstlichen Suppe. Die musst du gleich unbedingt probieren." Sie grinste ob meines widerwilligen Gesichtsausdruckes und fing an zu essen.

„Iss du erstmal. Ich bin da nicht so scharf drauf, würde lieber noch kurz bei den Großeltern bleiben. Ich weiß von meinen nicht viel aus der Zeit des Nationalsozialismus. Opa war im Krieg und danach in russischer Gefangenschaft. Da musste er Regenwürmer und Gras essen, um nicht zu verhungern. Oma versuchte derweil zu Hause die Kinder durchzukriegen, was mehr als schwer war. Man hatte ja nichts. Diese Geschichten kriegte ich stets zu hören, wenn ich sie auf das „Dritte Reich" ansprach. Mehr habe ich bis heute nicht erfahren. Da kriegst du nichts mehr raus. Sie haben irgendwann den Deckel drauf gemacht und ein neues Kapitel in ihrem Leben aufgeschlagen. Es ging ja nach dem Krieg mit der Gründung der Bundesrepublik eigentlich nur noch bergauf. Da wollte sich keiner mehr mit der grausigen Vergangenheit herumschlagen. Die Enkel gehen einem dann eher auf die Nerven, wenn sie immer wieder damit anfangen. Viel lieber wurde die neue Einbauküche präsentiert oder vom lokalen Geschehen in der Gemeinde erzählt."

„Das kenne ich von meinen deutschen Großeltern, also denen väterlicherseits, auch gut. Da läuft das genauso. Ganz schlimm wird es bei unseren Familienfeiern, wenn die Verwandtschaft aus Prag und die aus Hamburg zusammenkommen. Da dauert es nicht lange und die Tschechen fangen wieder an, von damals zu erzählen und die Deutschen möchten diese Zeit am liebsten aussparen und über das Hier und Jetzt reden. Das funktioniert schlecht und Streit ist eigentlich immer vorprogrammiert. Da reicht oft eine Kleinigkeit aus. Meine

Eltern versuchen da zwar immer zu beschwichtigen und zu vermitteln, aber das klappt selten. Am besten ist, man redet nur über das Essen, was gerade auf dem Tisch steht. Da sind sich oft alle einig. Apropos Essen. Du musst jetzt mal endlich die Suppe probieren."

Maria schob mir die Terrine herüber und gab mir ihren Löffel. Widerwillig schaute ich mir dieses Nationalgericht an.

„Ich weiß nicht. Pansen? Soll ich wirklich?"

„Jetzt stell dich nicht so an. Probiere einfach und du wirst sehen, es schmeckt echt gut."

Maria hatte nicht übertrieben. Die Suppe war würzig und kräftig mit einer leicht säuerlichen Note. Die Kutteln selber waren butterzart und schmeckten ein wenig wie gut geschmortes Rindfleisch. Ich war überrascht.

„Gut, ich stimme dir zu. Das schmeckt wirklich viel besser, als ich dachte. Darf ich noch mal?"

„Klar. Nimm so viel du willst. Wenn es nicht reicht, bestellen wir halt noch eine."

Soweit kam es dann allerdings nicht. Wir entschieden uns lieber für eine weitere Runde von dem Klosterbräu. Als diese gebracht wurde und wir ein weiteres Mal anstießen, schaute ich auf meine Uhr. Es war inzwischen kurz nach sieben.

„Wann wollen wir uns denn auf den Weg zum Konzert machen?", fragte ich Maria. „Und wo ist dieser Klub 007 eigentlich genau?"

„Der liegt auch hier in Strahov. Aber genau am anderen Ende. Oben auf dem nächsten Hügel direkt beim alten Stadion. Von dort hat man auch noch mal einen herrlichen Blick auf die Stadt. Wir können da hinlaufen. Es ist nicht weit. Da gibt es einen schönen Weg durch den Wald, am Eiffelturm vorbei und wir sind schon fast da. Von mir aus können wir nach dem Bier hier los. Das Konzert soll um acht Uhr beginnen."

„Am Eiffelturm vorbei? Ich wollte eigentlich keinen Abstecher über Paris machen."

„Den nennen hier alle so, weil er große Ähnlichkeit mit seinem Vorbild an der Seine hat. Eigentlich ist dieser Nachbau aber nach dem Petřín-Hügel benannt, auf dem er steht. Natürlich ist er auch deutlich kleiner als sein Vorbild. Aber das wirst du ja gleich sehen."

Der Weg vom Kloster zum Petřín-Turm war wunderschön. Die meiste Zeit über hatte man einen herrlichen Blick zur Linken über die Stadt. Die Kuppeln und Dächer glänzten im Abendrot. Jetzt wusste ich wirklich, warum Prag auch die goldene Stadt genannt wird. Der Aussichtsturm selber war dann eher enttäuschend und wirkte in der Tat wie eine Taschenausgabe des Pariser Originals. Dass er bereits geschlossen war und daher nicht mehr zur Besteigung einlud, störte uns daher wenig. Ärgerlicher war dagegen, dass der benachbarte Kiosk auch geschlossen hatte. So gab es für Maria und mich kein weiteres Bier für den noch vor uns liegenden Weg.

Weiter ging es durch eine kleine Parkanlage mit schön angelegten Buchsbaumhecken und akkuraten Kieswegen, bis wir durch ein unscheinbares Tor in einer mittelalterlichen Mauer traten und mit einem Mal in eine andere Welt versetzt wurden.

Vor uns baute sich eine ganze Siedlung sozialistischer Plattenbauten auf. Ein Gebäude unansehnlicher als das andere. Und hier sollte sich ein Life-Club befinden? Als ob Maria meine Gedanken gelesen hätte, sagte sie: „Das ist das alte Spartakiadedorf aus der Zeit der ČSSR. Da ging es wohl damals ganz gut rund und es haben bis zu zehntausend Turner daran teilgenommen. Die mussten ja irgendwo schlafen. Dafür wurde diese Siedlung errichtet. Anschließend wurde es in günstigen Wohnraum umgestaltet. Heute sind es fast ausschließlich Studenten, die hier leben. Fast die Hälfte dieser architektonischen Meisterwerke steht aber leer. So möchte heutzutage auch kaum noch jemand in Tschechien wohnen, zumindest nicht, wenn er sich etwas Besseres leisten kann. Sieht aus wie in der ehemaligen DDR, oder? Auf jeden Fall ist im Keller eines dieser Häuser der Klub 007. Den haben vor ein paar Jahren einfach ein paar junge Prager mit Sperrmüll-Möbeln, ein bisschen Farbe und viel Enthusiasmus eingerichtet und illegal eröffnet. Da sich aber keiner daran störte und selbst die Nachbarn in den angrenzenden Häusern mit dem Club keine Probleme hatten, wurde er zuerst toleriert und inzwischen, mit einem Mietvertrag ausgestattet, ganz offiziell betrieben. Wenn man ihn das erste Mal besucht, hat man allerdings arge Probleme, den Laden und seinen Eingang zu finden. Zumindest ging es mir so. Aber warte ab."

Wir näherten uns dem Gebäudekomplex mit der Nummer sieben und ich konnte sehen, dass vor einer kleinen Kellertreppe eine größere Gruppe junger Leute standen und diverse Getränke kreisen ließen. Ich erkannte unter ihnen Skinheads, Mods, Punks, Rastafaris und ganz normale Jugendliche, die sich keiner Subkultur zuordnen ließen.

Das sah alles ganz friedlich und entspannt aus, trotz der verschiedenen Ausrichtungen der einzelnen Personen. Alle schienen den Sommerabend in Vorfreude auf das anstehende Konzert zu genießen.

„Da unten geht es rein", riss mich Maria aus meinen Gedanken und zeigte auf die Kellertreppe, über der noch nicht einmal ein Schild angebracht war oder etwas anderes, das dem Besucher einen Hinweis darauf geben würde, dass sich hier ein Club befinden würde.

„Da kommt man in die Waschküche des Hauses. Dahinter geht es durch den Kellerflur zur Kasse und danach ist man schon im Club. Das Ganze ist recht abenteuerlich, aber dadurch auch besonders charmant. Du wirst es sehen."

Wir bahnten uns den Weg durch die übrigen Konzertbesucher zur Treppe und stiegen hinab. Unten in der Waschküche war außer grauen Wänden und einem eben solchen Betonboden nicht viel zu sehen. Die Luft war abgestanden und verraucht. In einer Ecke saß ein scheinbar sehr junges knutschendes Punk-Pärchen. Ich blieb kurz stehen und guckte mir die beiden Turteltäubchen an. Doch Maria zog mich am Arm, um weiterzugehen. Sie wollte hier nicht stören. Am anderen Ende des Raumes gab es einen erleuchteten Durchgang, aus dem Musik und Stimmengewirr drangen. Darauf steuerten wir zu. Nach wenigen Metern kamen wir an eine improvisierte Kasse. Auf einem wackeligen kleinen Tisch stand eine Metallkassette und daneben klebte ein handgeschriebener Zettel, auf dem der Eintrittspreis von einhundertfünfzig Kronen zu lesen war. Ich bezahlte für uns beide den Eintritt, auch wenn sich Maria zuerst dagegen sträuben wollte, sich einladen zu lassen.

„Dann gebe ich aber die erste Runde Bier aus." Und schon war Maria in Richtung Bar verschwunden. Ich folgte ihr durch den bereits gut gefüllten Club. Der Tresen befand sich am Ende des Konzertraumes und stellte mit ein paar wenigen Biertischgarnituren und einem Kicker so etwas wie den Barbereich da. Während Maria die Getränke bestellte, suchte ich uns an einem der Tische einen Platz und setzte mich. Aus den Boxen dröhnten viel zu laut die Mighty Mighty Bosstones. Ska-Punk aus Boston. Eine gescheite Unterhaltung würde bei dieser Geräuschkulisse schwerfallen, zumal die alten Lautsprecher die Musik eher verzerrten als verstärkten.

„Die haben mir am Tresen gerade gesagt, dass die erste Band so gegen halb zehn anfangen wird", kam Maria mit zwei kalten Flaschen Pilsener Urquell zu mir an den Tisch. „Da bleibt also noch fast eine Stunde Zeit. Wollen wir die nicht lieber draußen an der frischen Luft verbringen?", fragte sie mich.

Und ob. Ich stimmte ihr umgehend zu und wir machten uns auf den Weg zurück ins Freie. Dort setzen wir uns auf einen Mauervorsprung und stießen mit unserem Bier an.

„Schön, dass es geklappt hat und du mich heute Abend begleitest", lächelte mich Maria an. „Ich hatte schon befürchtet, dass dich mein Auftritt gestern Nacht zu sehr abgeschreckt hat. Aber scheinbar war ich noch nicht schlimm genug. Da ist also noch Luft nach oben auf der Heulsusen-Skala." Wieder lächelte sie mich an.

„Und morgen fährst du zurück nach Hamburg?", wollte ich mich noch einmal ihrer Abreise vergewissern.

„Ja. Um halb neun geht mein Zug. Bis dahin muss ich aber noch meine restlichen Kronen auf den Kopf hauen. Dabei kannst du mir heute Abend helfen." Sie lachte und prostete mir erneut zu.

„Wann kommt denn dein Freund zurück?", wollte ich nun von ihr wissen.

„Wenn er denn noch mein Freund ist und bleibt. Ich bin mir da echt nicht mehr sicher. Auch heute nicht. Wenn ich ihn gestern Abend noch gesprochen hätte, wäre es jetzt bestimmt aus. Da hätte ich wohl direkt mit ihm Schluss gemacht. Leider bin ich mir auch nicht sicher, ob ich ihm da nur zuvorkommen möchte. Ich befürchte ja, ihm geht es genauso wie mir. Aber auch ganz unabhängig davon, was er noch mit unserer Beziehung anfangen möchte, glaube ich, dass es für mich nicht mehr gehen wird. Irgendetwas ist in den letzten Monaten durch die räumliche Trennung zerbrochen, das sich vielleicht nicht mehr kitten lässt. Nur habe ich große Angst davor, alles wegzuwerfen, was wir uns in all den Jahren aufgebaut haben."

„Was habt ihr euch denn alles so aufgebaut?", fragte ich ungeniert nach.

Sie dachte kurz nach. „Eine gute Frage. Je mehr ich darüber nachdenke, desto mehr stelle ich fest, dass es gar nicht so viel gibt. Eigentlich lebt jeder von uns beiden seit Jahren sein eigenes Leben. Vielleicht sind wir schon seit geraumer Zeit nur noch aus Gewohnheit zusammen geblieben. Als sich Tillmann, so heißt mein Freund, vor zwei Jahren eine neue Wohnung suchte, sprachen wir kurz darüber, ob wir nicht zusammenziehen wollten. Bereits da hätte ich merken müssen, dass es um unsere Liebe nicht mehr so gut bestellt war. Weder machte er es mir schmackhaft, mit ihm in Zukunft gemeinsam zu leben, noch verspürte ich selber die geringste Lust, meine Mädchen-WG zu verlassen. Also war das Thema sehr schnell wieder vom Tisch und wurde seitdem weder von ihm noch von mir mehr angesprochen. Gut, wir hatten einige schöne gemeinsame Urlaube, viele wilde Partynächte mit ersten Drogenerfahrungen und natürlich nicht zuletzt ein zuerst aufregendes und dann immer besser eingespieltes Sexleben. Das verbindet natürlich. Und so gesehen, haben wir uns da auch was aufgebaut. Aber eben nichts Konkretes oder Greifbares. Die letzten dahin gehenden schönen Erinnerungen liegen jedenfalls schon lange zurück, weit bevor Tillmann nach Australien ging."

Während sie erzählte, schaute ich mir Maria noch einmal genau an. So erweckte ich einerseits den Eindruck, wirklich intensiv zuzuhören, andererseits gefiel sie mir einfach auch so gut, dass ich ihre Züge noch ein wenig genauer studieren wollte. Vor allem aber ihre strahlend grünen Augen, die, je mehr sie sich über ihren Freund ereiferte, immer kräftiger zu funkeln schienen. Ich schaute in das Grün und mir kam meine Fee des gestrigen Abends in den Sinn. Mit der hatte ich so meine Freude. Sollte ich heute schon wieder die Gesellschaft einer grünen Fee genießen können? Diesmal in Gestalt von Maria? Das Gedankenspiel amüsierte mich. Maria gab eine gute grüne Fee ab.

Die reflektierte und offene Art, mit der Maria über ihre Beziehung sprach, gefiel mir. Sie schien nicht um den heißen Brei herumzureden und sprach aus, was sie dachte und zur Zeit belastete. Allerdings wusste ich, je mehr ich mir von ihren Ausführungen anhörte, immer weniger, welche Rolle ich hier spielen sollte. Beichtvater oder Kummerkasten? Das habe ich ja gestern Nacht schon übernommen. Jetzt schon wieder? Eigentlich schwebte mir vor, heute Abend bei dem Konzert viel Spaß zu haben und mich eventuell auch auf einen kleinen Flirt mit Maria einzulassen. Als hätte Maria meine Gedanken gelesen, unterbrach sie sich abrupt und sagte: „So, jetzt habe ich dich aber schon wieder viel zu viel mit meinen Sorgen belästigt. Das soll mal nicht zur Gewohnheit werden. Ab jetzt wird getrunken, getanzt, gefeiert und Spaß gehabt. Das ist jetzt meine Parole für den Abend."

Ich grinste sie an. Das hatte sie schön auf den Punkt gebracht. Wir stießen noch einmal an und tranken unser Bier aus. Inzwischen war die Sonne hinter den Wohnblocks verschwunden und die Dämmerung hatte eingesetzt.

„Kennst du das alte Stadion dahinten schon?", wollte Maria nun von mir wissen. Ich schüttelte den Kopf.

„Das ist großartig. Ich könnte es dir schnell noch zeigen. Aber ich glaube, nach dem Konzert, wenn es richtig dunkel ist, macht das noch mehr Spaß."

„Was macht das Stadion so besonders?"

„Es verfällt langsam, aber sicher. Und dabei galt es mal als das größte Stadion der Welt. Eine Viertelmillion Zuschauer passten da rein. Das hat schon etwas sehr Desolates an sich, wenn so ein ehemaliger Vorzeigebau einfach seinem Schicksal überlassen wird. Dabei hat das Stadion wirklich eine bewegte Geschichte. Ich würde sagen, das schauen wir uns nach dem Konzert an."

Ich stimmte ihr zu und machte nun meinerseits den Vorschlag, wieder in den Club zu gehen und uns neue Getränke zu bestellen.

„Dann will ich doch mal sehen, wie dieser Absinth so schmeckt", sagte Maria zu mir, als wir am Tresen angekommen waren. „Deine Erzählungen und vor allem dein Zustand von gestern Nacht haben mich neugierig gemacht. Hoffentlich haben die das Zeug hier auch."

Sie studierte die Getränkekarte und entdeckte gleich das Getränk, das sie suchte. Umgehend bestellte sie zwei neue Bier und dazu nun eine Runde Absinth.

„Auf die grüne Fee!", lautete Marias Trink-spruch. Wir stießen mit unseren Schnapsglä-sern an. Hier im Klub 007 wurde auf das Ritual mit dem Zucker verzichtet. Einfach pur musste der Wermut getrunken werden. Das brannte noch stärker im Rachen als gestern. Aber in-zwischen war ich es ja schon ein wenig ge-wohnt und dadurch fühlte ich mich abgehärtet. Im Gegensatz zu Maria, die den Absinth in ei-nem Zug hinunterstürzte und sich sofort schüt-teln musste. Sie verzog das Gesicht und rang nach Luft. „Das ist aber stark. Meine Güte, ich kriege ja kaum Luft. Dagegen schmeckt Wodka ja wie klares Wasser."

„Ich glaube, es geht bei dem Absinth auch weniger um den Geschmack als um die Wir-kung. Dass er mir wirklich gut schmecken wür-de, habe ich auch nicht behauptet. Aber warte ab, bis dir die grüne Fee erscheint. Erst dann macht das Ganze Sinn", versuchte ich mich philosophisch zu geben und trank nun auch mein Glas im zweiten Zug leer.

„Wahrscheinich stimmt das. Dann müssen wir wohl noch nachlegen, denn bisher ist mir diese Fee noch nicht erschienen." Ohne eine Antwort abzuwarten, schnappte sich Maria die beiden leeren Gläser und drehte sich erneut zum Tresen um und bestellte eine weitere Runde. Sie wollte es scheinbar wirklich wissen.

Kaum hatten wir unsere Gläser ausgetrun-ken und mit etwas Bier nachgespült, machte sich die erste Band des Abends auf der Bühne bereit, mit ihrem Set zu beginnen. Hinter dem Schlagzeug wurde ein Bettlaken mit dem Schriftzug „Rytířská" aufgehängt.

„Mensch, da war ich gestern schon. In der Rytířská habe ich mir in der Touristeninformation mein Zimmer vermitteln lassen", erzählte ich Maria.

„Wirklich originell ist der Bandname für eine Ska-Band deshalb aber noch nicht", antwortete sie mir. „Muss da denn immer das Wort Ska im Bandnamen enthalten sein? Das machen die in Deutschland ja auch sehr gerne. Skaos, Skartell, Ska Treck, Skatoons und wie sie alle heißen."

„Stimmt. Das finde ich auch nicht sonderlich witzig", stimmte ich Maria zu. „Aber es führt wohl auf die Urväter des Ska zurück. Die Skatalites hatten das ja auch schon im Namen. Warum also nicht auch tschechische Bands?"

„Weil man im Tschechischen unzählige Wörter mit den Endung Ska findet. Das ist schließlich die weibliche Ausdrucksform von Worten, die auf Ski enden. Wenn man wollte, könnte man da wohl hunderte oder gar tausende Ska-Bands gründen." Sie lachte und ich stimmte mit ein.

Rytířská stellte sich als ein Quartett in klassischer Rockformation mit Gitarre, Bass und Schlagzeug heraus, das den Ska sehr modern interpretierte. Also sehr rockig und hart gespielter Off-Beat mit einem Sänger, der besser in eine Hardcore-Band gepasst hätte. Mit jamaikanischen Karibikklängen hatte das Dargebotene nicht allzu viel gemein. Maria erging es wie mir. Beide hatten wir uns fröhlichere, tanzbarere Musik gewünscht. So warteten wir auf die zweiten Band des Abends und tranken noch weiter Bier an der Bar.

Doch auch die nächste Formation wusste uns mit ihren sehr rauen und punkigen Klängen nicht zu überzeugen. Es war lediglich durch den Organisten etwas abwechslungsreicher gestaltet. Das Schlimmste aber war, dass sie kein Ende fanden. Inzwischen standen sie schon über eine Stunde auf der Bühne und machten nach wie vor keine Anstalten, diese auch mal wieder verlassen zu wollen. Bei großen Teilen des Publikums war die Stimmung auch prächtig. Die Leute tanzten einen wilden Mix aus Pogo und Skanking und sangen viele der Lieder aus voller Kehle mit. Die Band hatte hier zahlreiche ihrer Anhänger vor der Bühne versammelt. Das stand außer Frage. Nur bei uns sprang der Funke nicht über.

„Noch so eine Krach-Kapelle halte ich nicht mehr aus", schrie mir Maria ins Ohr. „Hoffentlich ist wenigstens die dritte besser. Ansonsten können wir auch gerne früher gehen."

„Ja, lass uns die noch abwarten und dann entscheiden wir, was wir weiter machen. Wir haben ja auch noch den Stadionbesuch vor uns."

Maria nickte mir zustimmend zu und schaute wieder zur Bühne. Doch als hätte sie unser Gespräch gehört, beendete die Band nach wenigen Augenblicken mit ihrem gerade gespielten Lied ihren Auftritt. Wir lächelten uns an.

„Das habe ich mir gerade bei der grünen Fee gewünscht." Maria lachte. „Es scheint zu klappen. Die macht einen guten Job. Ich würde sagen, wir bedanken uns mal artig bei ihr."

Und schon war Maria wieder in Richtung Tresen unterwegs und bestellte zwei weitere Gläser Absinth. Ich folgte ihr.

Inzwischen tranken wir den Wermut fast wie Wasser. An das Brennen hatten wir uns gewöhnt und nahmen es kaum noch wahr, spülten stattdessen einfach mit Bier nach.

Auf der Bühne wurde es derweil sehr voll. Es drängelte sich bald ein Dutzend Musiker, die ihre Instrumente aufbauten und anschlossen. Ich sah Posaunen, Trompeten und ein Saxofon. Dazu eine Orgel und zahlreiche Percussions. Das sah vielversprechend aus.

Die Wartezeit bis zum Auftritt wollte ich für einen Toilettengang nutzen.

Als ich mich durch das inzwischen dicht gedrängte Publikum schob und endlich die Toiletten erreicht hatte, merkte ich, dass mir ein wenig schwindelig war. Bevor ich mir einen freien Platz an der Rinne suchte, spritzte ich mir zuerst ein wenig Wasser ins Gesicht. Das tat gut. Im Spiegel glaubte ich, einen grünen Schatten an der Wand zu sehen. Nur ganz kurz. Meine neue Freundin war nun also auch angekommen.

Die Luft war trotz des unangenehmen Geruchs wesentlich frischer und sauerstoffhaltiger als in dem verrauchten und verschwitzten Konzertraum. Ich wurde wieder etwas klarer im Kopf und ging zurück zu Maria, nicht ohne mich noch einmal nach dem grünen Schatten umzuschauen. Doch der war verschwunden.

Die Band gefiel Maria und mir auf Anhieb. Das elfköpfige Ensemble bestand aus vier

Frauen und sieben Männern und war ein bunt zusammengewürfelter Haufen von Individuen, die sich zu einer mitreißenden Formation zusammengefunden hatten. Spektrum nannten sie sich. Der Name passte. Die Sängerin und ihr männliches Pendant versprühten viel Charme und zogen das Publikum gleich auf ihre Seite. Musikalisch boten Spektrum ihrem Namen entsprechend eine breite Palette jamaikanischer Off-Beat-Klänge. Viel Ska, dazu früher Reggae, Calypso und ein wenig Soul und R&B – ein sehr tanzbarer Mix, der Maria und mich dazu veranlasste, nun endlich mal die Hüften kreisen zu lassen.

Wir schwoften entspannt vor uns hin, spürten die Wirkung des Alkohols in unserem Blut und genossen den Augenblick. Maria hatte die meiste Zeit über die Augen geschlossen und schien ganz mit der Musik verschmolzen zu sein. Sie sah toll aus, wie sie an meiner Seite tanzte. Ich hatte kaum noch Augen für die Band, sondern fast nur noch für Maria. In diesen Momenten strahlte sie eine Zufriedenheit und Ausgeglichenheit aus, dass ich bei ihr niemals derlei Sorgen und Beziehungsprobleme erwarten würde, hätte sie mir nicht ausführlich davon erzählt. Ihre Tanzbewegungen waren elegant und lässig zugleich. Ihre Arme schwebten mal neben, mal vor ihr in der Luft und man konnte das Gefühl bekommen, sie befände sich in Trance. Dabei lächelte sie zumeist versonnen. Lag es vielleicht nicht nur an der Musik von Spektrum und dem getrunkenen Absinth, dass es ihr gerade sehr gut zu gehen schien, sondern auch ein wenig an mir? Der Gedanke gefiel mir. Ich wollte das gerne glauben und versuchte, es mir einzubilden. Maria war mir nicht mehr nur sympathisch, ich war auf bestem Wege mich Hals über Kopf in diese Frau zu verlieben.

Wie lange wir tanzten und zwischendurch immer wieder neues Bier holten, erinnere ich nicht mehr. Wie im Rausch, und streng genommen war es ja auch im Rausch, verging das Konzert. Als Spektrum für eine Zugabe noch einmal zurückkamen, kündigte der Bassist einen Blues für die Verliebten im Publikum an, wie Maria mir seine Ansage ins Ohr übersetzte. Dann schaute sie mich mit ihren grünen Augen an und legte ihre Arme um meinen Hals. Es folgte eine sehr getragene, langsame Nummer, zu der wir nun eng umschlungen tanzten. Ihre Haare streichelten immer wieder meine Nase und ich konnte trotz des Rauches im Raum noch ihr Shampoo riechen. Es duftete nach Apfel und vermittelte mir mit jedem Atemzug einen Hauch von Frische. Genau wie Maria selbst, die unsere engen Berührungen genauso zu genießen schien wie ich. Am Ende des Liedes klatschte sie mir mit beiden Händen auf den Hintern und sagte, dass es nun an der Zeit sei, nach draußen zu gehen. Sie wolle mir ja noch das Stadion zeigen. Ich stimmte ihr zu, kaufte zuerst aber noch zwei Flaschen Bier am Tresen für den Weg.

Die frische Luft brachte schnell und leicht ein paar Lebensgeister zurück, die ich im Rauch des Kellers bereits verloren glaubte. Ich drückte Maria ein Bier in die Hand und prostete ihr zu. Wir tranken einen Schluck, dann nahm sie meine Hand und zog mich hinter sich her, noch ehe ich die Flasche abgesetzt hatte. Wir ließen die Plattenbauten hinter uns und steuerten direkt auf das benachbarte Stadion zu. Es war gigantisch groß, vor allem breit. Es hatte die Ausmaße von geschätzten zwei herkömmlichen Fußballarenen nebeneinander.

„Na, das ist mal ein Bau, oder?", stupste mich Maria in die Seite. „Das Stadion Strahov ist bereits in den zwanziger Jahren gebaut worden. Dabei würde es doch einen prima sozialistischen Protzbau abgeben. Aber in der ČSSR wurde es nur noch mal ein wenig ausgebaut. Errichtet wurde es viel früher. Da passen locker drei Fußballplätze rein."

„Und was ist damit heute los? Sparta, Slavia, Dugla, Zizkov und die übrigen Prager Fußballclubs tragen ihre Spiele hier doch nicht aus."

„Nein, in der Stadt gibt es ja noch mehrere Stadien. Vor allem ja nun das komplett renovierte Letna Stadion im Norden. Da finden auch die Länderspiele statt. Hier im Stadion Strahov wird nur noch trainiert und verwaltet. Im Innenraum sind mehrere Trainingsplätze und die Geschäftsstelle von Sparta. Die riesigen Tribünen verfallen dagegen zusehends. Guck nur."

Inzwischen waren wir direkt am Stadion angekommen und standen vor dem vergitterten Eingang zu Block E.

„Das Ding will ich aber nun auch von innen sehen. Über das Gitter kommen wir doch problemlos rüber", gab ich mich waghalsig und kletterte daran hoch. Drei Züge und ich saß oben auf und schwang mein rechtes Bein herüber.

„Siehst du, ganz einfach", rief ich Maria herunter. „Das schaffst du auch."

Ich zog das andere Bein hinterher und sprang nach unten. Aber irgendwas passte nicht. Ich flog nicht einfach in Richtung Boden, um dort auf meinen Füßen zu landen, sondern blieb mit einem Hosenbein an einer Spitze hängen. Ich knallte gegen das Tor und hielt mich an einer Stange fest. Die Orientierung hatte ich derweil verloren und konnte auch noch keinen richtigen Halt finden. Erst recht nicht, als meine Hose am rechten Bein einriss und ich dem Asphalt entgegen segelte. Zum Glück konnte ich mich noch mit den Händen abfangen, die sofort höllisch wehtaten. Ich ließ mich auf meinen Hintern fallen und versuchte mich zu sammeln.

„Oh mein Gott, ist dir was passiert?", hörte ich Maria neben mir besorgt fragen. „Pass doch auf, Mensch!"

Nun versuchte ich, meine Blessuren aus-zumachen. Die Hose war zerrissen und das Bein war aufgeritzt und blutete. Meine Handflä-chen waren aufgeschürft, das rechte Knie schien verstaucht zu sein. Alles recht schmerz-haft, aber ich hatte wohl keine wirklich schlimmen Verletzungen davongetragen. Hoffte ich zumindest. Aber wieso stand Maria neben mir? Wie konnte sie so schnell hinter mir her klettern? Sie erahnte meine Fragen und sah meinen irritierten Blick.

„Dein Stunt war nicht schlecht. Aber du hättest auch einfach neben dem Tor durchgehen können. Sie zeigte zur Seite und ich sah zu unserer Linken, dass es neben dem Gitter, über das ich so unglücklich geklettert war, gar keinen Zaun mehr gab und man problemlos daran vorbeigehen konnte.

„Das habe ich gar nicht gesehen", sagte ich kleinlaut. „Ich ging davon aus, dass so ein Stadion nachts einfach abgeschlossen sein muss und man da ohne zu klettern gar nicht hineinkommt. Einfach hineinzuspazieren habe ich gar nicht in Erwägung gezogen. Vielleicht hat mir aber auch die grüne Fee den Weg gezeigt. Man sollte nicht immer auf sie hören."

„Wohl nicht. Vor allem, wenn man so stürmisch ist, wie du es zu sein scheinst. Bist du das immer oder nur, wenn es darum geht, irgendwo einzubrechen?" Maria setzte sich neben mich, legte meine blutende Hand in die ihre und schaute mich mit ihren grünen Augen durchdringend an.

„Das kommt auf den Anlass an." Ich beugte mich zu ihr herüber und suchte mit meinem Mund ihre Lippen. Sie kam mir entgegen und wir küssten uns. Zuerst zaghaft, dann öffnete sie ihre Lippen und schob mir fordernd ihre Zunge in den Mund. Ich erwiderte ihr Spiel und ließ nun auch meine Zunge um ihre kreisen. Wir küssten uns immer wilder. Sie biss mir auf die Unterlippe, ich saugte an ihrer oberen. Mal drang meine Zunge tief in ihren Mund, mal ihre in meinen. Ich vergaß meine Verletzungen. Was scherten mich das Knie, der blutende Oberschenkel und die aufgeschürften Handflächen. In diesem Moment gab es nur Maria und mich und unseren Kuss. Es war unser Augenblick.

Nach einer gefühlten Ewigkeit löste sie sich vorsichtig und schaute mir wieder in die Augen. Ich wollte etwas sagen, doch mir fehlten die richtigen Worte. Maria schien das zu spüren und legte mir ihren Zeigefinger auf die Lippen.

„Sag jetzt mal nichts. Wir gehen, insofern du das mit deinem Bein kannst, die Treppe da hoch und gucken uns das Stadion von der Tribüne aus an."

Maria stand mit einem Ruck auf, reichte mir die Hand und half mir, mich aufzurichten. Es klappte ganz gut, lediglich das Knie machte ein paar Probleme. Die Wunde im Oberschenkel blutete inzwischen kaum noch. Vorsichtig humpelte ich neben Maria zum Tribünenaufgang. Die Treppe hoch in den Block war nicht besonders lang, sodass ich es mit kleinen Anstrengungen schaffte. Der Blick auf den riesigen Innenraum des Stadions überwältigte mich. Da waren wirklich drei Fußballfelder und mehrere Containerbauten zu sehen. Umfasst wurde das gesamte Areal von vier riesigen Tribünen. Diese waren gar nicht mal so hoch, dafür aber sehr lang und tief. Es waren keine steilen Terrassen, wie ich sie aus deutschen Fußballstadien her kannte, sondern sanft ansteigende Sitzreihen, die unten direkt in den Innenraum überzugehen schienen. Ich war kurzzeitig sprachlos, diese Dimension ließ mich staunen. Oder war es doch eher Maria, die still neben mir stand und immer noch meine Hand hielt? Eben erst hatten wir uns zum ersten Mal geküsst. Und wie. Am liebsten hätte ich hier an

Ort und Stelle gleich weitergemacht, konnte mich aber gerade noch zusammenreißen.

„Alles ist hier so groß, so überdimensioniert. Das haut einen ja glatt um", sagte ich in die gedankenverlorene Stille hinein, die uns umgab.

„Dabei ist es aber so marode und dem Untergang geweiht. Den Verfall hält niemand mehr auf. So lange man das Areal noch irgendwie nutzen kann, wird es auch gemacht. Irgendwann stürzt das aber alles in sich zusammen und dann können nur noch die Bagger und Abrissbirnen kommen. Keine schönen Aussichten für das einstmals größte Stadion der Welt." Sie zögerte kurz und fügte dann hinzu: „Eigentlich genau wie in der Liebe. Wenn man nicht immer wieder kleine Reparaturen und Sanierungsmaßnahmen vornimmt, stürzt irgendwann auch die größte Liebe ein. Da kann man dann nicht mehr viel machen. Diesen Zerfall hält nichts mehr auf. Und vielleicht ist es am besten, zum richtigen Zeitpunkt alles plattzumachen und ein komplett neues, modernes Stadion zu bauen."

„Und wann meinst du, ist der richtige Zeitpunkt gekommen? Meistens verpasst man den ja doch. Und danach schafft man den Absprung nicht mehr und lässt es einfach ganz langsam vergammeln."

„Eventuell braucht das Team einen neuen Trainer. Oder das Stadion einen neuen Platzwart. Der zeigt einem dann auf, dass es so nicht mehr weitergehen kann."

„Vielleicht hast du ..." Weiter kam ich nicht, denn Maria schloss mich in ihre Arme und küsste mich erneut. Der Kuss war genau so lang und intensiv wie unser erster. Scheinbar wollte sie ihn genauso wenig enden lassen wie ich. Erst als unten im Innenraum ein Licht anging und zwei Schatten zu sehen waren, lösten wir uns voneinander.

„Auch wenn man hier einfach so hereinspazieren kann und gar nicht einbrechen muss", Maria grinste mich an, „ich weiß nicht, ob es gern gesehen ist, wenn sich hier nachts Unbefugte auf der alten Tribüne herumtreiben. Die da unten müssen uns nicht unbedingt sehen. Lass uns also lieber mal gehen."

Jetzt erkannte ich in den Schatten zwei Wachleute mit einem angeleinten Hund. Ich stimmte Maria nickend zu und wir verließen langsam und leise das Stadion.

Draußen steuerte Maria über einen Parkplatz eine Bushaltestelle an. Ich hatte Mühe, ihr zu folgen.

„Mist. Der Nachtbus ist gerade fort, der nächste kommt erst in einer Stunde", schimpfte sie, als ich sie eingeholt hatte. „Sonntags fahren die nicht so oft. Was machen wir denn jetzt? Am besten zeige ich dir mal den Ausblick von hier oben auf das nächtliche Prag."

Und wieder eilte sie zügigen Schrittes los und ging auf eine hüfthohe Mauer zu. Sie hatte das Heft inzwischen vollends in die Hand genommen. Die weitere Abendgestaltung oblag nun nicht mehr mir. Ich konnte nur noch reagieren. Also folgte ich ihr erneut.

Der Bick, der sich mir bot, als ich neben ihr an der Mauer stand, war mindestens genauso beeindruckend wie der in das alte Stadion. Unter uns erstrahlte Prag in seinem nächtlichen Glanz. Ich konnte die Moldau sehen, die von Süden nach Norden fließend die Stadt teilte und in der sich das Mondlicht spiegelte. Dazu die unzähligen Lampen und Lichter der Häuser, Türme und Laternen. Die tschechische Hauptstadt zog mich ein weiteres Mal in ihren Bann. Genau wie Maria.

„Ganz hübsch, oder?", lächelte sie mich kokett an. „Und irgendwie auch nicht ganz unromantisch, finde ich." Sie küsste mich, diesmal aber kurz und kräftig, auf den Mund.

„Von mir aus können wir gerne noch eine Stunde hier oben stehen bleiben, auf Prag hinunterschauen und ein bisschen knutschen, bis der Bus kommt", gab ich mich nun etwas forscher.

„Das hättest du wohl gerne. Und was ist mit deinem Bein? Wenn wir damit schon zu keinem Arzt gehen, sollten wir die Wunde wenigstens ein wenig säubern."

Ich schaute durch den aufgerissenen Schlitz in meinem Hosenbein und sah, dass die Wunde inzwischen gänzlich aufgehört hatte zu bluten und sich erster Schorf bildete. Und der war sehr, sehr dunkel. Wahrscheinlich hatte Maria damit nicht Unrecht.

„Aber wie wollen wir denn hier wegkommen? Mit dem Bein schaffe ich es nicht zu Fuß den Berg hinunter."

„Vielleicht mit dem da?" Maria lachte und zeigte über meine Schulter hinter meinen Rücken. Ich drehte mich um und sah ein Taxi im Schritttempo über den Parkplatz fahren. Sofort hob ich reflexartig meine Hand und winkte es zu uns herüber. Der Taxifahrer hatte uns wahrscheinlich längst gesehen und nur auf ein Zeichen gewartet. Wir waren schließlich die einzigen Menschen hier oben. Er hielt direkt neben uns und Maria und ich setzten uns beide auf die Rückbank.

„Zu mir oder zu dir?", fragte ich sie mit gespielter Koketterie. Maria lachte.

„Zu mir können wir nicht. Meine Großeltern würden einen Schock bekommen, wenn ich nachts mit einem fremden Mann bei denen auftauchen würde. Also fahren wir in dein Hotel, wenn das für dich in Ordnung ist." Das war es. Ich gab dem Taxifahrer die Adresse meines Bootels und fragte ihn auf Englisch, wieviel die Fahrt ungefähr kosten würde. Er schien mich zwar verstanden zu haben, ignorierte aber mein Englisch und antwortete mir stattdessen freundlich auf Tschechich.

„Das sei gar nicht weit", übersetze mir Maria. „Nur den Berg runter, über die Moldau und ein Stückchen nach Süden. Das würde nicht mehr als dreihundert Kronen kosten."

Die hatte ich noch im Portemonnaie. Also fuhren wir los, den Petřín hinunter durch eine beschauliche Wohngegend besser situierter Prager, die die Hanglage zu schätzen wussten, und erreichten das Ufer der Moldau, die wir über die Palackého most überquerten, die südlichste der innerstädtischen Brücken. Als wir am Parkplatz vor meinem schwimmenden Hotel angekommen waren, fragte mich Maria erstaunt:

„Du wohnst auf einem Schiff? Das ist ja abgefahren. Wo willst du denn noch damit hinfahren?"

„Das liegt hier natürlich fest. Und ist inzwischen ein Hotel. Sie nennen es Bootel."

Ich bezahlte den Taxifahrer und führte Maria zum Eingang. Der Nachtportier öffnete die Tür und gab mir umgehend meinen Schlüssel, ohne sich über meinen ramponierten Zustand zu wundern oder wegen meiner weiblichen Begleitung zu stutzen.

„Viel Platz für einen Aufriss in Prag hast du hier ja nicht gerade", stellte Maria fest, als wir meine Kajüte betraten. „Wo hast du denn die grüne Fee gestern Nacht verstaut?"

„Die nimmt ja nicht so viel Platz weg. Das ging wohl schon. Aber es stimmt, der Raum hier ist wirklich sehr klein. Ich war zuerst auch etwas abgeschreckt. Aber der Ausblick entschädigt." Ich schob den Vorhang zur Seite, schaltete das Licht aus und zeigte zum Fenster. Dahinter floss ruhig die Moldau und die Lichter vom gegenüberliegenden Ufer schimmerten in ihrem dunklen Wasser.

„Außerdem war ich bislang außer zum Schlafen und Duschen auch noch überhaupt nicht hier drin. Und dafür reicht der Platz aus. Prag lässt mich ja nicht zur Ruhe kommen", ergänzte ich.

„Der Ausblick ist wirklich wunderschön", bestätigte mich Maria. „Und das Plätschern des Wassers hat ja auch etwas sehr beruhigendes. Dazu das leichte Schaukeln, so kann man es aushalten. Nur seekrank darf man hier als Gast nicht werden. Aber jetzt möchte ich mir mal kurz deine Wunde am Oberschenkel anschauen."

Sie ging ins Bad und kam kurz darauf mit einem feuchten Handtuch zurück. Derweil hatte ich meine zerrissene Jeans ausgezogen und saß nun in Boxershorts und T-Shirt auf meiner Koje. Die Wunde blutete nicht mehr, sah aber sehr verschmiert und verdreckt aus. Maria wischte vorsichtig drum herum und betupfte die inzwischen entstandene Kruste. Es brannte, sodass ich kurz zusammenzuckte.

„Entschuldige", raunte Maria sanft. „Ich werde ganz behutsam sein." Sie küsste mich auf die Wange und reinigte weiter die Stelle. Dabei strich sie mir immer wieder zärtlich über das Knie. Ich spürte, wie ich langsam, aber sicher eine Erektion bekam. Auch Maria entging nicht, dass sich meine Shorts strafften. Sie lächelte mich an.

„Ich glaube, das reicht erstmal. Morgen früh guckst du noch mal beim Duschen, wie die Wunde aussieht. Aber versprich mir, zu einem Arzt zu gehen, wenn es sich entzündet haben sollte. Eine Blutvergiftung ist kein Spaß."

Ich nickte, war aber viel zu erregt, um über einen möglichen Arztbesuch nachzudenken, während Maria das Handtuch zurück ins Bad brachte.

„Und ich werde mich dann jetzt mal auf den Weg zu meinen Großeltern machen", riss sie mich aus meinen erotischen Gedanken. „Es ist schon spät und mein Zug nach Hamburg geht morgen früh bereits um halb neun."

„Du kannst doch auch hier bei mir übernachten und morgen rechtzeitig aufstehen."

Ich versuchte sie in den Arm zu nehmen und zu küssen.

„Nein. Das wäre keine gute Idee. Erstens würden sich meine Großeltern spätestens morgen früh große Sorgen machen. Und zweitens sollten wir hier nichts überstürzen. Du weißt von meinem Freund und dem bevorstehenden Wiedersehen. Davor graut es mir jetzt schon. Beim Konzert konnte ich das mal ein wenig beiseiteschieben, aber spätestens seit wir im Taxi saßen, muss ich wieder daran denken. Es tut mir leid."

„Auch wenn es schwerfällt, ich kann dich ja verstehen. Außerdem wäre die Kabine für drei Leute nun wirklich zu klein. Und die grüne Fee kann ganz schön eifersüchtig sein", versuchte ich einen Scherz. „Soll ich dem Nachtportier Bescheid geben, dass er dir ein Taxi bestellt?"

„Ja, bitte. Und sei mir nicht böse. Es war ein toller Abend mit dir. Doch jetzt muss ich zu Hause erstmal einiges regeln." Sie schrieb mir ihre Anschrift und Telefonnummer aus Hamburg auf einen Zettel und reichte mir diesen. Gedankenverloren legte ich ihn beiseite.

„Ich hoffe sehr, dass wir uns in Hamburg wiedersehen. Lass mich nur erst einmal die Sache mit Tillmann in Ordnung bringen. Wenn ich nur selber wüsste, wie das aussehen soll."

„Natürlich rufe ich dich an, wenn ich wieder in Hamburg bin. Mal gucken, wohin es mich die kommenden Tage noch treibt. Das Zimmer hier habe ich noch bis Dienstag gebucht. Danach will ich mal weitersehen. Vielleicht geht es nach Budapest oder Bratislava. Oder ich hänge noch ein paar Tage in Prag dran. Die Stadt hat es mir ja doch schon angetan." Ich rief über das Zimmertelefon beim Empfang an und bat den Nachtportier, ein Taxi zu bestellen.

„Also gut. Ich geh dann schon mal nach draußen und warte dort auf das Taxi. Bleib ruhig hier und schone dein Bein. Bitte bloß jetzt keine großen Abschiedsszenen", bat mich Maria.

„Wenn du meinst." Ich nahm sie in den Arm und küsste sie sanft hinters Ohr. „An der Elbe sehen wir uns wieder. Ich freue mich darauf."

Sie nickte, schluckte kurz und wand sich dann aus meiner Umarmung. Ohne ein weiteres Wort verließ sie das Zimmer. Ich trat an die Tür und schaute ihr hinterher, wie sie zügigen Schrittes den Gang hinunter schritt. Nun musste auch ich schlucken. Sie bog um die Ecke und ich war allein. Nach wenigen Augenblicken schaltete sich das Licht automatisch aus. Nur noch ein paar Notleuchten bewahrten den Gang vor der vollständigen Dunkelheit.

Wie lange ich noch so dastand, weiß ich nicht mehr. Erst als das Licht im Schiffskorridor wieder anging und ich zwei Gäste sich nähern hörte, trat ich zurück in meine Kajüte und schloss die Tür. Plötzlich war ich mir nicht mehr sicher, ob ich mir Marias Telefonnummer überhaupt hatte geben lassen. Das durfte doch nicht wahr sein! Der Absinth hatte erneut meine Sinne vernebelt. Panik befiel mich. Wieso hatte ich denn da nicht dran gedacht? Wo war ich mit meinen Gedanken? Das kommt davon, wenn einem das Hirn in die Hose rutscht, schoss es mir durch den Kopf. Wie sollte ich Maria denn nun wiedersehen? So klein ist

Hamburg ja auch nicht, dass man sich dort von selbst über den Weg laufen würde. Was war ich doch für ein verdammter Idiot! Da fiel mein Blick auf mein Kopfkissen und ich sah dort einen Zettel liegen. Hektisch schnappte ich ihn mir und konnte dort Marias Namen, ihre Telefonnummer und Adresse in Altona lesen. Darunter hatte sie die Notiz „Bis bald" geschrieben. Erleichtert atmete ich tief durch und öffnete mein kleines Kajütenfenster.

Ich setzte mich aufs Bett und stellte fest, dass meine Erektion noch nicht verschwunden war. Plötzlich sah ich Maria wieder direkt vor mir. Ihre grünen Augen strahlten. Immer intensiver, bis das ganze Gesicht grün schimmerte. Meine Fee. Ich hatte sie getroffen und mich verliebt. Nun war sie wieder fort. Und was blieb, war die Beule in meinen Shorts. Ich legte mich auf den Rücken und begann langsam zu onanieren. In dieser Nacht würde ich bestimmt schöne Träume haben.

Third rule is ...

Ein guter Einstieg in den Tag. Wer sagt denn, dass man Guláš nicht auch zum Frühstück essen kann? Man kann. Und muss es nach dem Aufstehen immer Kaffee sein? Warum nicht mal ein Bier, um die Lebensgeister zu wecken? Gerade was die tägliche Nahrungsaufnahme anbelangt, sollte man doch gelegentlich mit den festgefahrenen Konventionen brechen. Den lebenden Beweis trat ich am Montagmorgen an. Gegen elf Uhr saß ich im Havelská Koruna in der Havelská, gleich beim Wenzelsplatz um die Ecke, und ließ mir ein Frühstück, bestehend eben aus Guláš und Bier, schmecken. Fast überraschte es mich, wie gut mein Körper auf diese deftige Überraschung reagierte. Zumindest vorerst. Mit jedem Bissen und jedem Schluck fühlte ich die Lebensgeister in mich zurückkehren. Einen Becherovka zum Dessert, und auch der dritte Tag in Prag wird ein Erfolg. Auch ohne Maria. Denn die war heute Morgen bereits in der Früh zurück nach Hamburg gereist. Kurz hatte ich nach dem Aufwachen noch überlegt, zum Bahnhof zu fahren, um sie dort zu verabschieden. Aber das wäre vielleicht zu aufdringlich gewesen. Wahrscheinlich hatten ihre Großeltern sie begleitet und mein unerwartetes Auftauchen hätte unnötigen Erklärungsbedarf mit sich gebracht. Also blieb unser Abschied aus meinem Hotel gestern Nacht das letzte Bild, das ich von ihr hatte. Sie fehlte mir schon jetzt.

Anstatt zum Bahnhof machte ich mich nach einer ausgiebigen Dusche auf den Weg zum

Wenzelsplatz. Meinem Bein ging es ganz gut, die Wunde schien ordentlich zu verheilen und die Schmerzen in meinem Knie waren über Nacht nicht schlimmer geworden. Ich musste ein wenig humpeln, kam so aber gut voran. Lediglich meine Hose war kaum noch zu gebrauchen. Als ich nach dem Duschen versuchte, sie mir anzuziehen, blieb ich mit einem Zeh in dem Riss hängen und sorgte somit dafür, dass sich dieser auf die doppelte Länge vergrößerte. Nun reichte er fast vom Bund bis hinunter zum Knie. Eine zweite lange Hose hatte ich nicht eingepackt, so dass ich mir eine neue zulegen musste. Nachdem ich das Bootel verlassen hatte, fuhr ich also direkt in die Altstadt, um dort am oder um den Wenzelsplatz danach zu suchen. Zahlreiche Boutiquen fand ich dort und bereits in der dritten wurde ich fündig. H&M, New Yorker und C&A ließ ich beflissentlich links liegen. Dort könnte ich ja auch in Hamburg einkaufen gehen. Es gab aber neben den internationalen Ketten auch noch einige unabhängige, wohl inhabergeführte Geschäfte. Wie lange wohl noch?

Eine Jeans in meiner Größe war nicht immer einfach zu finden, da die meisten, die ich anprobierte, entweder oben zu weit oder unten zu kurz waren oder besser noch gleich beides. Doch bei einem klassischen Herrenausstatter wurde ich fündig. Ein Schild in der Eingangstür verriet mir, dass es sich hierbei um ein altes Traditionsgeschäft von 1922 handelte. Und genauso wurde ich dort auch bedient. Vornehm und diskret, höflich und aufmerksam. So etwas hatte ich in Deutschland seit dem Einkauf meines Kommunionanzuges nicht mehr erlebt. Um Haaresbreite hätte ich gleich noch ein paar Hemden und Pullover mitgenommen, einfach weil es so angenehm in dem Laden war. Doch ich beließ es bei meiner Hose.

Nach dieser erfolgreichen Einkaufstour hatte mich der Hunger und vor allem Durst übermannt und so kehrte ich also im Havelská Koruna ein, einem Restaurant, das eher einem Bistro oder noch viel mehr einer Kantine glich. Beim Betreten des Lokals bekam ich gleich eine Karte in die Hand gedrückt, auf der die Bestellungen eingetragen werden sollten. Abgerechnet und bezahlt wurde erst an der Kasse beim Verlassen der Räumlichkeiten. Im Inneren befanden sich mehrere Theken, an denen man sich die Speisen zusammenstellen konnte. Ein Suppenstand, eine Salatbar, eine Desserttheke, ein Tresen für die Hauptspeisen und natürlich eine Bar für die Getränke. Da es auf den Aushängetafeln keine Übersetzungen gab und das Angebot lediglich auf Tschechisch nachzulesen war, entschied ich mich für das, was ich bereits kannte und bestellen konnte. Guláš, Knedlíky und Pivo, ein kühles tschechisches Bier. Das klappte reibungslos und so kam ich also zu meinem ungewöhnlichen Frühstück, welches ich nun mit einem Becherovka für die Verdauung abrundete. Der Herr hinter der Bar machte einen Haken auf meiner Karte und wünschte mir mit einem verschmitzten Grinsen einen „nice day". Den sollte ich nach diesem Start in den Tag doch hinbekommen. Auch ohne Maria. Sie war nun einmal nicht mehr in Prag. Damit musste ich mich jetzt abfinden. Es fiel mir jedoch nicht leicht. Ständig geisterte sie in meinen Gedanken umher. Ihre grünen Augen, ihr Lachen, ihre Melancholie. Aber was versprach ich mir von ihr? Von Anfang an spielte sie mit offenen Karten und erzählte mir von ihrem Freund, der ersten großen Liebe. Allerdings auch von ihren Beziehungsproblemen und ihrer Sorge, wie und ob es überhaupt weitergehen sollte. Da konnte ich mir ja einen kleinen Funken Hoffnung machen. Wenn das mit Tillmann und ihr nicht weiterlaufen sollte, würde ich bereitstehen. Sie könnte mich haben, war ich mir inzwischen sicher. Die Küsse bildeten ja erst einen Vorgeschmack auf weitere Zärtlichkeiten, die folgen könnten. Ob es soweit kommen würde, wusste zu diesem Zeitpunkt aber wohl noch nicht einmal die grüne Fee oder das Orakel von Delphi. Ich musste abwarten. Wenn ich nach Hamburg zurückkehre würde, hat sich bestimmt einiges in ihrem Liebesleben geklärt und sie ist entweder zurück in die Arme ihres Freundes gekehrt oder hat sich von ihm getrennt und meine Zeit würde reif sein. Bis dahin galt es nun, mich abzulenken und zu amüsieren. Dafür war ich ja nach Prag gefahren. Die Ungeduld in Bezug auf Maria musste ich für die kommenden Tage in den Griff bekommen, sonst würde ich meine Reise nicht mehr genießen können. Am besten mit einem weiteren Becherovka. Das würde dabei sicherlich helfen.

Als ich danach bezahlte und das Havelská Koruna verließ, schien die Mittagssonne vom blauen Himmel und alles wirkte freundlich und strahlte im hellen Licht. Sollte ich noch ein paar

Tage hier dranhängen oder weiterziehen, mir ein neues Reiseziel suchen? Mein Bootel hatte ich vorerst nur bis zum morgigen Tag gebucht. Mir stand also alles offen. Gerade deswegen war ich unschlüssig und beschloss, mich erst einmal zu Hause bei meinem Mitbewohner zu melden. Udo würde sich über ein Lebenszeichen bestimmt freuen und ich könnte auf diesem Wege auch erfahren, ob in meiner Abwesenheit irgendetwas vorgefallen war. Ich kaufte mir an einem kleinen Kiosk eine Telefonkarte und machte mich auf die Suche nach der nächsten funktionierenden Telefonzelle.

„Hier ist dein geliebter Mitbewohner. Ich melde mich aus der tschechischen Hauptstadt. Alles prima in Prag, wie sieht es bei uns zu Hause aus?", begrüßte ich Udo.

„Schön, dass du dich mal meldest. Ich hätte fast angefangen, mir Sorgen um dich zu machen", entgegnete mein Mitbewohner hörbar erfreut über den Anruf. „Aber nur fast. So lange bist du ja noch nicht fort. Inzwischen habe ich mich schon an deine Trips gewöhnt. Egal ob Berlin, Dortmund, Cuxhaven oder jetzt sogar ins Ausland. Hauptsache raus aus Hamburg. Nichts Neues also bei dir."

„Vielleicht hast du Recht. Nur kommt meine jetzige Reise nicht wieder einer Flucht gleich wie bei den anderen zuvor. Diesmal wollte ich einfach ein wenig von der Welt sehen und die Zeit bis zum Studium sinnvoll nutzen."

„Apropos Studium. Hier ist Post von der Uni Hamburg für dich angekommen. Soll ich dir die aufmachen und vorlesen?"

„Bitte. Ich hoffe, es ist die Bestätigung meines Studienplatzes."

So war es. Udo las mir das Schreiben vor und ich freute mich, dass es nun amtlich war. Vom kommenden Wintersemester an würde ich Student an der altehrwürdigen Universität Hamburg sein. Es hatte also geklappt. Ich musste nur das Heft in die Hand nehmen, dann konnte ich auch Veränderungen in meinem Leben bewirken.

„Gratuliere", fuhr Udo fort, nachdem er mir den Brief bis zum Ende vorgelesen hatte.

„Und wie geht es jetzt mit dir weiter? Kommst du wieder heim? Vorhin erst hat Boris angerufen und uns beide für das Konzert von Die Geister heute Abend in der Arena eingeladen. Das schaffst du aber wohl nicht, wenn du jetzt noch in Prag bist, oder?"

„Nein, ganz bestimmt nicht. Schade, das wird bestimmt ein schöner Abend. Und die After-Show-Partys nach einem Die Geister-Konzert haben es in der Regel ja auch immer in sich. Aber bis morgen bleibe ich auf jeden Fall noch hier. Und wo es danach hingehen soll, überlege ich gerade noch."

„Fahr doch nach München. Da spielen Die Geister morgen Abend. Einmal über Nacht im Nightliner durch die Republik. Rockstar müsste man sein."

„München? Na, ich weiß nicht. Eigentlich dachte ich an das eine oder andere Ziel im Ausland. Ein wenig weiter weg als Bayern. Aber andererseits wäre so ein Konzert dort mit anschließender Party sicher auch etwas Feines. Ich überlege es mir noch mal. Du kannst Boris ja heute Abend bitten, mich für das morgige Konzert sicherheitshalber auf die Gästeliste zu setzen. Auf jeden Fall gibt es eine direkte Zugverbindung von hier nach München. Das habe ich bei meiner Ankunft schon gesehen."

„Ich sage ihm Bescheid, kein Problem. Und sonst ist alles in Ordnung bei dir?"

„Ja, ist es. Prag ist eine tolle Stadt. Wenn auch manchmal ein wenig unheimlich. Hast du schon mal von der grünen Fee gehört?"

„Nicht das ich wüsste. Muss ich die kennen?"

„Von der erzähle ich dir in Ruhe, wenn ich wieder zu Hause bin. Eine sehr interessante Person. Aber jetzt ist das Guthaben auf der Karte hier schon halb aufgebraucht. Ich melde mich die Tage mal wieder bei dir. Mal sehen, wohin es mich bis dann getrieben hat."

„Mach das mal. Also hau rein und weiterhin eine schöne Reise", verabschiedete Udo sich von mir, bevor ich den Hörer einhängen konnte.

Ich hatte die Telefonzelle noch nicht verlassen, da dachte noch einmal über Udos Vorschlag nach. Ein Konzert von Die Geister in München. Vielleicht war das jetzt ein Wink des Schicksals, mir zu sagen, wie es für mich auf meiner Reise weitergehen sollte. Wahrscheinlich wäre mir München als nächstes Ziel nicht in den Sinn gekommen. Mit der Option auf einen spannenden Abend eröffneten sich aber ganz neue Perspektiven.

Boris war der Schlagzeuger von Die Geister, einer sehr erfolgreichen Berliner Rockband. Er war der einzige wirkliche Rockstar in meinem Freundeskreis, auch wenn fast jeder Zweite davon träumte und auch einiges anstellte, damit dieser Traum wahr würde. Doch außer Boris war es noch keinem wirklich gelungen. Kennengelernt hatte ich ihn über Udo, der mir eines Abends bei einem Besuch in der Hauptstadt den Freund seiner Schwester Uta vorstellen wollte. Als dann Boris die Bar betrat, in der wir saßen, dachte ich zuerst, Udo mache einen Scherz, schließlich erkannte ich Boris sofort. Oft genug hatte ich ihn in Videoclips, auf Fotos und Plattencovern gesehen. Er kam direkt an unseren Tisch, begrüßte Udo herzlich und stellte sich mir unnötigerweise vor. Ich tat es ihm gleich und wir fingen an, gemeinsam Bier zu trinken und uns zu unterhalten. Es wurde ein sehr lustiger Abend, der erst im frühen Morgengrauen endete. Seitdem verband uns eine lockere Freundschaft und wir trafen uns immer mal wieder, wenn es mich nach Berlin oder ihn nach Hamburg verschlug. Zwei Jahre später zog Boris dann selber an die Elbe, um sich mit Uta ein gemeinsames Zuhause aufzubauen. Dieser Versuch scheiterte bereits nach wenigen Monaten, aber Boris blieb der Hansestadt treu. Zumindest verbrachte er den Großteil seiner Zeit hier, wenn er nicht gerade mit der Band unterwegs war oder sie in Berlin probten. Das Pendeln bereitete ihm aber keine Probleme, denn eine kleine Bleibe in Schöneberg besaß er immer noch.

Wenn Die Geister also heute Abend in Hamburg auftreten würden, könnte ich ihn ja vielleicht sogar telefonisch zu Hause erreichen.

Wer weiß, ob Udo am Abend daran denken würde, ihn wegen eines Gästelistenplatzes für mich in München anzusprechen. Nicht dass ich dort extra anreisen würde und dann nicht in die Halle kam! Denn Karten würde es bestimmt keine mehr geben. Konzerte von Die Geister waren in der Regel schon Wochen vorher ausverkauft. Da half also stets nur die Gästeliste, die einen außerdem dazu berechtigte, an der anschließenden Party teilzunehmen. Und den Eintrittspreis würde ich natürlich auch noch sparen. Das Geld könnte ich dann lieber in ein ordentliches Hotel in München investieren. Ich wählte seine Nummer und ließ es klingeln. Ich wollte nach dem sechsten Läuten gerade auflegen, als sich Boris doch noch meldete.

„Hallo Boris", begrüßte ich ihn. „Udo hat mir gerade erzählt, dass du angerufen und uns zum Konzert heute Abend eingeladen hast."

„Gern geschehen. Wenn es endlich mal wieder ein Heimspiel in Hamburg gibt, will ich meine Freunde doch dabei haben."

„Besten Dank. Allerdings bin ich gerade nicht in der Stadt, sondern in Prag. Ich schaffe es also heute Abend leider nicht. Aber Udo sagte, ihr seid morgen in München. Und nun überlege ich, ob ich dort nicht hinkommen soll. Heute ist hier mein letzter Tag und ein neues Reiseziel habe ich sonst eh noch nicht."

„Dann mach das doch. München ist auch eine Reise wert. Wir spielen da im Olympiapark ein Open-Air-Konzert. Und anschließend gibt es noch eine After-Show-Party in der Bar vom ehemaligen Schlachthof. Aus alter Verbundenheit. Wenn du kommen willst, schreibe ich dich auf die Gästeliste."

„Wenn du das tun könntest, würde ich mich sehr freuen. Ich kann zwar noch nicht zu hundert Prozent sagen, ob ich das schaffe, aber ich will es versuchen. Zuerst gucke ich gleich mal, wie morgen die Zugverbindungen sind. Wenn das passt, komme ich gerne."

„Alles klar, das kriegen wir schon hin. Ich zähl auf dich. Das wird eine Mordsgaudi. Es haben sich so einige alte Weggefährten aus dem Süden angekündigt. Ich freue mich schon."

„Gut. Dann wünsche ich dir erstmal einen super Auftritt heute Abend in Hamburg. Und übertreib es nicht so, damit wir morgen ordentlich feiern können und du nicht in den Seilen hängst."

„Das wird schon. Wir brechen ja noch in der Nacht in Richtung Bayern auf. Da bleibt nach dem Konzert in Hamburg nicht mehr viel Zeit, um sich die Lampen auszuschießen."

„Dann bis morgen in alter Frische bei einem zünftigen Weißbier", verabschiedete ich mich von Boris.

Der Plan, morgen weiter nach München zu reisen, nahm also Gestalt an und gefiel mir, je mehr ich darüber nachdachte immer besser. Also galt es nun, mich um die Bahnverbindung zu bemühen. Da fiel mir ein, dass das Fremdenverkehrsbüro, in dem Prinzessin Leia arbeitete, direkt ums Eck lag. Dort würde man mir sicher helfen können und ich müsste nicht extra zum Hauptbahnhof oder gar nach Holešovice fahren.

Ich bog in die Rytířská ein und fand das Büro auf Anhieb. Als ich es betrat, stellte ich zu meinem Bedauern fest, dass Prinzessin Leia heute nicht arbeitete, sondern ein älterer Kollege hinter dem Tresen stand. Aber auch der gab sich freundlich und hilfsbereit und sein Englisch war fast makellos, so dass die Verständigung gut funktionierte. Er schaute in seinem Computer nach und schrieb mir zwei direkte Verbindungen von Prag nach München auf. Die eine ging morgens um halb zehn von Holešovice aus, die andere um vierzehn Uhr vom Hauptbahnhof. Die Fahrt würde gut fünf Stunden dauern, so dass ich mich für den frühen Zug entschied, wollte ich doch rechtzeitig ankommen, um mir vor Konzertbeginn noch ein Hotel für die Nacht suchen zu können. Das Ticket konnte ich direkt hier vor Ort kaufen und war somit für die morgige Abreise gerüstet. Meiner Fahrt nach München stand also nichts mehr im Wege, die Weichen waren gestellt. Nur ausschlafen würde ich nicht können. Daher nahm ich mir in diesem Moment vor, meine dritte Prager Nacht nicht so spät enden zu lassen wie die beiden zuvor. Ohne die Gesellschaft von Maria oder Jakub sollte das doch nicht allzu schwer werden. Was sollte ich schon alleine an einem Montagabend in Prag unternehmen?

Doch zuerst einmal galt es, den Nachmittag zu gestalten. Mir fiel die Bibliothek im Kloster Strahov ein, deren Besuch mir Maria so ans Herz gelegt hatte. Ich beschloss also, noch ein wenig für meine Bildung zu tun und fuhr mit der U-Bahn rauf zum Hradschin und stieg an der Hradčanská aus. Nach einem kleinen Spaziergang durch die Burganlagen würde ich schnell beim Kloster angekommen sein.

Ich schlenderte also durch die Gärten und Parks nördlich der Festung und freute mich über die vielen Bäume, deren Schatten herrlich vor der inzwischen recht schwülen Hitze des frühen Nachmittages schützte. Vor einem Stück eingezäunter Rasenfläche stand eine Schulklasse und bestaunte einen Falkner beim Abrichten seiner Tiere. Ein Stückchen weiter saßen zwei uniformierte Burgwachen auf einer Bank bei einem Stück Kuchen und genossen ihre Pause. Im Innenhof wurde es, wie zu erwarten war, wieder viel voller, vor dem Veitsdom standen die Besucher auch heute Schlange und ließen sich nicht von den warmen Temperaturen davon abhalten, geduldig auf den Einlass zu warten. Ich verließ die Burg durch den Haupteingang und schaute mir noch einmal den Wachhabenden in seinem Häuschen an, den Maria gestern so ausgiebig studiert hatte. War es wieder der gleiche? Ich konnte es nicht erkennen. In ihrer Uniform sahen die Wachen alle gleich für mich aus. Und eine Mimik, an der ich ihn hätte wiedererkennen können, gab es ja nicht zu sehen. Nein, das wäre wirklich kein Beruf für mich, stellte ich heute erneut fest.

Vorbei am Steinberg-Palast erreichte ich nach wenigen Metern das Kloster und stand kurz darauf vor der Bibliothek. Hier würde ich nicht nur Kultur und Bildung finden, sondern bestimmt auch angenehm kühle Temperaturen. Ich trat ein und kaufte mir an der Kasse ein Ticket für gerade mal fünfzig Kronen.

Der eigentliche Saal der Bibliothek befand sich im ersten Stock. Im Treppenhaus hingen bereits zahlreiche Unikate und Drucke aus längst vergangenen Zeiten. Alleine die Globen aus den unterschiedlichsten Epochen ließen die Geschichten erahnen, die diese Mauern hier beherbergten. Der erste Blick dann in den theologischen Saal ließ mich augenscheinlich erstarren. Die beeindruckenden Fresken von Franz Siard Nosecky an der Decke, die Wände mit den Holzregalen und vor allem die sich darin befindenden Bücher wirkten fast einschüchternd auf mich. Unweigerlich fühlte ich mich in eine Szene aus dem Film „Der Name der Rose" versetzt, ich fühlte mich wie Adson von Melk, als ihm William von Baskerville erstmals die geistigen Schätze der Benediktiner Abtei zeigte.

„Das lässt einen selbst ganz klein und mickrig erscheinen, oder?", wurde ich aus meinen Gedanken gerissen. Neben mir stand eine kleine Dame von ungefähr sechzig Jahren und schaute abwechselnd zu mir und zum Deckenfresko hoch. Sie hatte kurz geschnittene weißgraue Haare, war vollständig in schwarz gekleidet und trug eine kleine Nickelbrille auf der Nase. Mir fiel nicht mehr ein, als mit dem Kopf zu nicken.

„Man bedenke, welche Schätze hier seit Jahrhunderten lagern. Alleine die alten Handschriften, die sämtliche Kriege und Katastrophen überlebt haben. Allein das Evangeliar von

Strahov stammt aus dem neunten Jahrhundert", fuhr sie fort.

„Nun bin ich bereits zum vierten Mal in Prag und habe es nun endlich geschafft, diese Bibliothek zu besichtigen. Das hätte ich schon viel früher tun sollen. Etwas noch Inspirierendes findet man ja wahrscheinlich selbst in Prag nicht."

„Wozu soll es sie denn inspirieren", fragte ich sie nun zurück.

„Ich bin Autorin und arbeite gerade an einem Buch über das Bild und die Rolle der Frau in Osteuropa im ausklingenden 20. Jahrhundert mit den Schwerpunkten Polen, Ungarn und Tschechien. Deshalb bin ich derzeit auch hier in Prag. Morgen geht es weiter nach Budapest, in Warschau und Krakau war ich bereits vergangene Woche."

„Und ich dachte, deutsche Schriftsteller kommen nur nach Prag, um auf den Spuren Franz Kafkas zu wandeln."

„Das habe ich schon gemacht. Allerdings vor über dreißig Jahren als junge Studentin aus Ost-Berlin."

„Sie sind Berlinerin? Ich komme aus Hamburg, mache hier allerdings nur Urlaub und reise morgen weiter nach München."

„Da haben Sie sich ja zwei schöne Reiseziele ausgesucht, an denen man viel Kultur und Geschichte aufsaugen kann. Ich muss Ihnen sagen, dass ich München noch mehr schätze als Ihre Heimatstadt Hamburg. Meine Zeit dort am Residenztheater habe ich in bester Erinnerung."

„Ich lasse mich überraschen. Das letzte Mal, dass ich in München war, liegt über fünfzehn Jahre zurück, als ich mit meinen Eltern Urlaub am Chiemsee machte. Am meisten beeindruckte mich damals das Deutsche Museum. Aber das ist wohl auch normal für einen kleinen Jungen."

„Schauen Sie sich diesmal die neue Pinakothek an. Sie werden es nicht bereuen. Aber wie gefällt es Ihnen denn hier Prag?" „Ich muss sagen, ich bin ohne wirklich konkrete Vorstellungen hier angereist und nun an meinem dritten Tag bereits sehr beeindruckt. Vor allem die Mystik, die hier an jeder Ecke über einen herfallen kann, hat es mir angetan. Das passt aber auch einfach zu gut ins Stadtbild mit seinen kleinen Gassen, alten Häusern und prunkvollen Kirchen. Von der Burganlage mal ganz abgesehen. Daneben wirkt die Stadt aber überhaupt nicht verstaubt oder aus der Zeit gefallen. Gestern Abend war ich bei einem Konzert hier in Strahov, bei dem das Publikum jung und bunt gemischt war. Durch die Karlsuniversität scheint Prag ständig mit frischem Blut versorgt zu werden."

„Da stimme ich ihnen zu. Diese Mischung der Bevölkerung gefällt mir auch sehr gut. Und sagen sie mal ehrlich, sind die Pragerinnen nicht tolle Frauen? Ich könnte mich täglich neu verlieben, wenn ich hier durch die Straßen laufe oder in einem Café sitze." Sie grinste mich an. „Aber zu Hause wartet die Ehefrau", jetzt lachte sie laut. „Dreißig Jahre in einer lesbischen Beziehung, ohne nur ein einziges Mal fremdzugehen. Das soll mir mal einer nachmachen."

„Ich bin beeindruckt. Ob mir eine so lange Zeit der Monogamie auch mal gelingen wird? Bisher habe ich es ja noch nie versucht. Aber eine tolle Frau habe ich hier in Prag kennengelernt. Die stammt allerdings wie ich aus Hamburg. Immerhin mit einer tschechischen Mutter."

„Und wo ist die Dame jetzt? So eine Eroberung muss man doch festhalten. Gerade Sie als junger Mann."

„Sie ist heute Morgen zurück nach Hamburg gefahren. Zumindest habe ich ihre Telefonnummer bekommen und werde sie hoffentlich wieder treffen, wenn ich zurück bin." „Da wünsche ich ihnen alles Gute. Ich habe meine große Liebe damals auch auf einer Reise kennengelernt. Das war bei einer Studienfahrt nach Weimar. Nicht ganz so aufregend wie Paris, Rom oder London, aber in der DDR waren wir ja, was unsere Reiseziele anging, eh sehr bescheiden."

Während wir uns so unterhielten, schlenderten wir durch die Räumlichkeiten der Bibliothek und blieben immer wieder staunend und beeindruckt stehen. Inzwischen hatten wir den Philosophischen Saal erreicht.

„Schauen Sie, ist nicht auch dieses Fresko wunderschön?", fragte mich meine Begleitung. „Es stammt aus dem späten achtzehnten Jahrhundert und wurde von Franz Anton Maulpertsch gemalt. Ich kann mich in so etwas hoffnungslos verlieren und es stundenlang anschauen."

Auch mir gefiel das Bild, aber eine derartige Begeisterung wollte bei mir dann doch nicht aufkommen. Vielleicht fehlte mir dazu einfach der theoretische Überbau.

„Sie wissen ja sehr viel über die Geschichte des Klosters und seiner Bibliothek", stellte ich fest und schaute mein Gegenüber anerkennend an.

„Bevor ich mich ganz der Literatur und dem Schreiben widmete, hatte ich bereits ein paar Semester Kunst und Geschichte studiert. Davon ist ein wenig hängen geblieben und hat auch sicherlich meine Neugier geweckt, die bis heute noch anhält. Wollen wir uns nicht duzen? Ich heiße Anni." Sie reichte mir ihre Hand und auch ich stellte mich ihr vor.

„Hast du die ganzen alten Globen im Vorraum gesehen?", wurde ich von Anni gefragt. „Die finde ich ja ganz toll. Als ich jung war, wollte ich immer einen alten Globus besitzen, in dem eine Hausbar versteckt war. Das hatte ich mal in einem Film mit Charlie Chaplin gesehen und war schwer beeindruckt."

„Und wann wolltest du dann keinen mehr haben?"

„Wieso? Ich habe einen. Das war das erste, was ich mir für meine eigene Wohnung in Friedrichshain zugelegt hatte, nachdem ich aus dem Studentinnenheim ausgezogen war. Und bis heute ist das Teil immer gut gefüllt." Sie lachte erneut, ich stimmte mit ein.

„Da bekommt man ja richtig Durst, wenn du von deiner Hausbar erzählst."

„Vielleicht sollten wir uns darum kümmern", schlug sie nun vor. „Unten in der Kleinseite gibt es ein schönes Lokal unter den Arkaden am Malostranské náměstí. Da kann man schön im Schatten der Bögen sitzen und sich die Leute anschauen. Wollen wir da gemeinsam etwas trinken?"

„Das klingt gut. Nach so viel Wissen und Historie brauche ich eine Erfrischung. Hast du denn alles hier gesehen, was du sehen wolltest?"

„Das habe ich. Von mir aus können wir los. Je mehr ich darüber nachdenke, desto trockener wird mein Mund", scherzte Anni nun. Zielstrebig steuerte sie dem Ausgang entgegen. Ich folgte ihr.

Kühl und erfrischend lief mir das Pilsener Urquell durch den Hals. Vielleicht ist das böhmische Bier doch das Beste an Prag, schoss es mir durch den Kopf.

Anni und ich waren die Kleinseite hinuntergebummelt, an den zahlreichen Botschaften und Ländervertretungen vorbei bis an den zentralen Platz des Viertels. Dort hatten wir an einem Lokal Halt gemacht, das sich ein wenig versteckt unter den Rundbögen der alten Häuserzeile aus dem sechzehnten Jahrhundert befand. Die Außentische des U Glaubiců waren gerade alle besetzt und wir standen ein wenig unschlüssig herum. Bei dem sommerlichen Wetter des war uns nicht danach, den Nachmittag in einer verrauchten Bierbar zu verbringen.

„Wir können doch irgendwo anders hingehen und ein anderes Lokal mit einer Terrasse aufsuchen", schlug ich Anni vor.

„Sehr ungern. Ich würde gerne hier ein Bier trinken. Vielleicht können wir warten, bis einer der Tische frei wird. Die meisten Gäste hier scheinen doch Touristen zu sein, die nur einen kurzen Zwischenstopp auf ihrer Sightseeing-Tour einlegen."

„Dann warten wir, kein Problem", gab ich mich ganz entspannt, während sich Anni einen Zigarillo anzündete.

„Es hat auch einen Grund, warum ich hier gerne sitzen möchte. Bei meinem letzten Besuch in Prag kam ich nach meiner Besichtigung der Burg hier vorbei und setzte mich dort an den Tisch, um kurz etwas zu trinken." Sie zeigte auf einen kleines Tischchen neben der Eingangstür.

„Mir gefiel es so gut, einfach nur dort zu sitzen, den Leuten beim Flanieren zuzuschauen, kaltes Bier dabei zu trinken und ab und an ein wenig in der Zeitung zu lesen, dass ich alle weiteren Pläne für den Rest des Tages über Bord warf und aus der kurzen Erfrischung ein ganzer Nachmittag und halber Abend wurde. Ich brach erst auf, als man die Tische und Stühle zusammenstellte und mich bat, drinnen Platz zu nehmen. Erst da bemerkte ich, dass ich während der Stunden dort viel zu viel Bier getrunken hatte und mich kaum noch auf den Beinen halten konnte. Also drückte ich dem Kellner irgendeinen viel zu großen Kronenschein in die Hand, hielt mir das nächste Taxi an und ließ mich zu meinem Hotel fahren. Es war einer der schönsten Tage, die ich seit Langem erlebt hatte. Und das, obwohl ja eigentlich nicht viel passiert war, aber es gelang mir über mehrere Stunden, einfach mal den Augenblick zu genießen und innezuhalten. Das schaffe ich nicht oft. Viel zu oft hetzt man sich doch von einem Termin zum nächsten und hechelt dabei immer nur irgendwelchen Vorstellungen und Träumen hinterher, die sich möglicherweise nie erfüllen. Das Glück des Moments muss man erkennen können und sich darauf einlassen. Das ist eine Kunst, glaub es mir!"

Inzwischen war ein Tisch am Rande frei geworden und wir setzen uns auf zwei wackelige Gartenstühle, die auf dem unebenen Kopfsteinpflaster wenig Halt fanden. Aber als man erst einmal Platz genommen und den Stuhl zurechtgerückt hatte, war es sehr angenehm und bequem. Bei der Kellnerin bestellten wir daraufhin zwei Bier und lehnten uns entspannt zurück.

„Leider kann ich den heutigen Tag hier nicht so vertrödeln wie einst", fuhr Anni fort. „Um fünf habe ich noch einen Interviewtermin für mein Buch. Ich treffe mich mit einer neunzigjährigen Pragerin, die mir ihre Geschichte erzählen will. Aber bis dahin habe ich noch Zeit für ein oder zwei Bier. Und so lange kannst du mir ja von deiner neuen Freundin erzählen."

„Meine neue Freundin ist Maria leider nicht. Sie hat in Hamburg schon einen Freund, oder vielmehr in Australien. Da war er das letzte Jahr aus beruflichen Gründen und kommt am Donnerstag zurück."

„Gar nicht schön. Da lernt man einen tollen Menschen kennen und dann ist dieser bereits gebunden. Aber so ist das Leben. Die schönsten Frauen sind meist vergeben oder strohdoof."

„Dabei weiß sie gar nicht, ob sie ihre Beziehung noch weiterführen will. Während der Zeit der Trennung sind ihr große Zweifel gekommen. Das sagt sie wenigstens. Wie es mit ihr und ihrem Freund weitergehen soll, will sie entscheiden, wenn sie ihn am Flughafen abgeholt hat. Entweder zündet da noch einmal etwas oder es ist an der Zeit, einen Schlussstrich zu ziehen."

„Und du hängst so lange in der Luft? Auch keine schöne Situation für dich! Wie nahe seid ihr euch denn schon gekommen, wenn ich fragen darf?"

„Darfst du. Wir haben uns geküsst. Mehrmals. Aber darüber hinaus ist noch nichts gelaufen. Sie hat mich gestern Nacht noch in mein Hotel begleitet, ist dann aber noch zu ihren Großeltern gefahren, und heute früh dann eben zurück nach Hamburg."

„Ich frage dich einfach mal ganz direkt heraus. Hast du dich in sie verliebt?"
„Es fühlt sich heute so an. Aber kann man das wirklich nach zwei Tagen schon sagen?"

„Natürlich kann man das. Ich glaube ganz fest an die Liebe auf den ersten Blick. Es gibt einfach Menschen, bei denen entzündet sich etwas, wenn sie aufeinander treffen. Man muss das nur wahrnehmen und erkennen und wenn man das Gefühl hat, solch einem Menschen begegnet zu sein, alles daran setzen, diesen nicht gleich wieder zu verlieren. Das ist gar nicht so einfach, aber es lohnt sich. Lass dir das von einer alten Frau gesagt sein!"

„Jetzt hör aber auf. So alt bist du doch bestimmt noch gar nicht. Darf ich nach deinem Alter fragen?"

„Gerne. Ich bin inzwischen über den Punkt hinaus, an dem eine Frau ihr Alter nicht verraten mag. Letzte Woche bin ich dreiundsechzig Jahre alt geworden. In zwei Jahren kann ich offiziell in Rente gehen." Sie lachte und nahm einen großen Schluck von ihrem Bier. „Und dann backe ich zu Hause Kekse, schaffe mir eine Kakteensammlung an und schau abends Volksmusiksendungen im Fernsehen."

„Na klar. Genau so habe ich dich eingeschätzt." Jetzt lachte auch ich. „Eine klassische Rentnerin wirst du bestimmt nicht abgeben."

Wie auf Kommando zündete sie sich erneut einen Zigarillo an und trank in einem letzten großen Zug ihr Bier aus. Wie ein gestandener Bauarbeiter wischte sie sich mit dem Handrücken den Mund ab.

„Ich werde mir Mühe geben. Doch zurück zu deiner Maria. Warum hast du sie denn einfach so zurück nach Hause und damit in die Arme ihres Freundes fahren lassen? Hättest du sie nicht aufhalten oder zumindest nach Hamburg begleiten können?"

„Aber wäre das nicht sehr aufdringlich gewesen? Außerdem habe ich hier ja ein Hotel bis morgen gebucht. Und danach soll meine Reise noch weitergehen. Nun habe ich mich ja für München als nächstes Ziel entschieden."

„Männer! Ihr setzt einfach immer die falschen Prioritäten. Ein blödes Hotelzimmer in Prag ist dir in dem Moment wichtiger? Das hättest du doch einfach stornieren oder verfallen lassen können. Und was gibt es so wichtiges in München, dass du deine neue Flamme einfach alleine zu ihrem Freund zurückfahren lässt, anstatt um sie zu kämpfen und jede Minute zu nutzen, um ihr zu zeigen, dass nur du der richtige Kerl für sie bist?"

Jetzt wurde Anni fast schon ein wenig aufbrausend. Ich wusste ad hoc gar nicht, was ich ihr erwidern sollte. Also trank nun auch ich genüsslich mein Bier bis auf den letzten Tropfen aus, um ein wenig Zeit herauszuschinden. Anschließend gab ich der Kellnerin einen Wink, uns noch eine Runde zu bringen.

„Wenn man es so betrachtet, hast du nicht ganz Unrecht."

„Wie sollte man es denn bitteschön sonst betrachten? Wenn ihr Freund am Donnerstag zurückkommt und sich von seiner besten Seite zeigen und ihr zu verstehen geben wird, wie sehr er sie vermisst hat und dass er doch nur sie liebt, dann war es das erstmal für dich. Oder glaubst du ernsthaft, in so einem Moment, nach einem Jahr der Trennung, verlässt sie ihn dann stehenden Fußes? Am besten noch direkt am Terminal?"

„Wahrscheinlich nicht", stimmte ich ihr ein wenig zerknirscht zu. Es wurde neues Bier gebracht und ich griff gleich gierig zu. Annis direkte Art, die Situation zu beschreiben, ließ mich an meinen Plänen und meinem Handeln zweifeln.

„Aber wenn es ihr auch nur ein bisschen so geht wie mir und sie sich auch in mich verknallt hat, dann wird sie sich das mit ihrem Freund doch noch gewaltig überlegen", versuchte ich mich zuversichtlich zu geben.

„Na klar. Aber du hättest dir selber mehr Zeit einräumen können, wenn du sie nach Hamburg begleitet hättest. Das sind drei Tage, an denen bei ihr der Alltag einkehrt, das Abenteuer in Prag langsam in den Hintergrund tritt und die Rückkehr ihres Freundes einen immer größeren Platz in ihrer Gedankenwelt einnehmen wird. Du kannst ja jetzt nur noch abwarten und Bier trinken."

Über ihr Wortspiel konnten wir beide nicht lachen. Stattdessen stießen wir mit unseren Bierkrügen an und Anni fuhr weiter fort.

„Ruf sie auf jeden Fall heute Abend an. Frag sie, wie ihre Heimreise war, ob es ihr gut geht und gib ihr zu verstehen, dass du sie vermisst und es kaum erwarten kannst, sie endlich wiederzusehen. Wann hast du denn überhaupt vor, wieder nach Hause zu fahren?"

„Das weiß ich noch gar nicht. Ich will das alles auf mich zukommen lassen. Erstmal geht es morgen eben nach München, wo ich abends ein Konzert besuchen will. Ein alter Freund spielt dort mit seiner Band. Und danach schaue ich, wohin es mich treibt. Vielleicht fahre ich noch weiter nach Süden. In Wien war ich auch noch nie. Oder gleich ganz über die Alpen bis nach Italien."

„Oder ganz nach Norden. Hamburg ist ja auch eine schöne Stadt." Anni lächelte verschmitzt.

„So hatte ich das eigentlich nicht geplant. Meine Reise sollte schon noch ein wenig länger andauern und mich noch an ein paar mehr Orte bringen.“

„Du hattest bestimmt auch nicht geplant, in Prag deine neue Liebe zu treffen. Manche Pläne sind dazu da, über Bord geschmissen zu werden.“

Vielleicht hatte Anni Recht mit dem, was sie sagte. Ich würde Maria heute Abend ganz bestimmt anrufen. Und am Donnerstag wieder. Dann würde ich erfahren, wie es mit ihr und ihrem Freund weiterging, und könnte mir daraufhin überlegen, was ich als nächstes tun sollte.

„Ich versuche, deine Worte zu beherzigen“, antwortete ich Anni. „Aber sie muss schon freiwillig ihren Freund verlassen und mich aus eigenem Antrieb heraus wollen. Da kann ich doch nicht allzu manipulativ eingreifen.“

„Das bestimmt nicht. Aber dich in ein gutes Licht setzen, das kannst du. Also gib dir Mühe.“

Wir tranken noch unser Bier aus, dann musste Anni zu ihrem Termin. Ich hätte noch stundenlang mit dieser geistreichen und unterhaltsamen Frau hier sitzen können. So aber würde ich das erst einmal alleine tun. Mich zog noch nichts fort, weitere Pläne für den Abend hatte ich nicht und um Maria anzurufen, war es noch zu früh. Also verabschiedete ich mich von Anni und sie drückte mir noch eine Visitenkarte in die Hand.

„Melde dich gerne mal, wenn du in Berlin sein solltest. Oder ruf ruhig an und erzähl mir, was aus dir und Maria geworden ist. Das interessiert mich jetzt ja schon.“

„Das mache ich. Und ich bin schon sehr auf dein Buch gespannt. Das werde ich mir gleich kaufen, wenn es erscheint. Wann lerne ich schon mal einen echten Schriftsteller kennen?"

„Eine Schriftstellerin. Darauf möchte ich bestehen. Soviel Feminismus muss sein." Ein letztes Mal ließ sie ihr herzliches Lachen erklingen und zog davon in Richtung Karlsbrücke. Ich schaute ihr hinterher, bis sie im Gewühle der Touristen nicht mehr zu sehen war. Anschließend bestellte ich bei der Kellnerin ein weiteres Bier.

„The answer my friend is blowing in the wind." Mit diesem alten Gassenhauer von Bob Dylan hättest du mich unter normalen Umständen aus jedem Lokal vergraulen können. Hier unter den Arkaden des U Glaubiců gefiel mir das Lied aber fast schon. Ein Straßenmusiker von Anfang zwanzig stand ein wenig abseits der Tische und spielte für die Gäste auf seiner alten Wandergitarre. Wie sein Vorbild trug er auch eine Mundharmonika um den Hals und gab sich redlich Mühe, beim Singen den nöligen Stil Bob Dylans zu imitieren. Er trug einen Dreitagebart und die Haare zu einem Pferdeschwanz gebunden. Seine Füße steckten in ausgetretenen Chucks, die zerrissenen Jeans und das ausgewaschene graue T-Shirt rundeten sein optisches Erscheinungsbild ab. So muss ein Straßenmusiker aussehen, schoss es mir durch den Kopf. Dem werfe ich gerne ein paar Kronen in seinen Hut.

Das tat ich dann auch, als er das Lied beendet hatte und mit einer Schirmmütze in der

Hand von Tisch zu Tisch ging, um ein paar Münzen zu sammeln. Als er bei mir angekommen war, konnte ich sehen, dass auf seiner Kappe der Schriftzug „AWIRA GmbH Augsburg" zu lesen war. Ich kramte mein Münzgeld aus dem Portemonnaie und gab es ihm.

„Bitte schön. Das klang wirklich nicht schlecht", sprach ich ihn dabei an.

„Oh, noch ein Deutscher? Von unseren Landsleuten laufen hier in der Stadt ja einige rum. Wo kommst du denn her?"

„Aus Hamburg, ich mache hier ein paar Tage Urlaub. Woher stammst du? Lass mich raten. Augsburg?" Er guckte mich erstaunt an, musste aber lachen, als ich auf seine Mütze zeigte.

„Erwischt. Ich bin ein waschechter Schwabe, tingele aber schon seit fast zwei Jahren durch Europa. Das habe ich immer schon machen wollen. Als ich endlich mein Abi in der Tasche hatte, bin ich aufgebrochen, nur mit einem Rucksack und meiner Gitarre. Letzte Woche war ich noch in Mailand, jetzt also Prag." Er sprach mit breitem schwäbischen Dialekt und hatte eine offene, herzliche Art, die er an den Tag legte. Ein wenig wirkte er wie ein kleiner Junge, der seinen ersten Fußball geschenkt bekommen hatte. Nach zwei Jahren schien ihn das Leben eines Straßenmusikers also immer noch zu begeistern.

„Setz dich doch. Ich gebe dir ein Bier aus", lud ich ihn ein. „Oder kannst du dir keine Pause erlauben?"

„Doch, doch. Das Geschäft lief bislang schon ganz gut. Hier auf der Kleinseite ist es ja ganz entspannt und die Leute geben gerne etwas. In der Altstadt oder gar auf der Karlsbrücke ist das ganz anders. Da wirken alle gehetzt und gestresst. Außerdem ist die Konkurrenz sehr groß. Gestern wollte mir gleich ein ganzes Jazz-Quartett ans Leder, als ich mich rund hundert Meter neben sie auf die Brücke stellte und anfing zu spielen. Wie ich später erfuhr, braucht man da sogar eine extra Lizenz. Sonst hat man ganz schnell die Bullen oder das Ordnungsamt am Arsch. Und so eine Lizenz habe ich natürlich nicht."

Er setze sich und stellte die Gitarre neben seinen Stuhl. Währenddessen gab ich die nächste Bestellung auf. Inzwischen wusste die Bedienung, was sie mir bringen sollte, ohne dass ich mehr als ein Handzeichen geben brauchte.

„Ich stelle mir das Leben so auf der Straße nicht einfach vor. Aber Spaß macht es bestimmt doch oft, oder? Ich meine, du kommst doch bestimmt viel rum und musst dir dafür gar keinen Urlaub nehmen. Wo warst du denn schon überall?"

„Ich glaube, das kriege ich gar nicht mehr alles zusammen. Aber ich führe vom ersten Tag an Buch. Da soll später mal ein Roman draus werden. Vom Leben auf der Straße von der Hand in den Mund. Ungefähr so stelle ich mir das vor. Angefangen habe ich in München, also gar nicht weit weg von daheim. Und es sollten auch nur drei Monate quer durch Deutschland werden. Zum Winter wollte ich längst wieder zu Hause sein."

„Nach München fahre ich morgen. Allerdings mache ich dort keine Musik, sondern besuche ein Konzert von Die Geister. Kennst du die?"

„Na klar. Ich habe sogar zwei Lieder von denen im Repertoire. Viel Spaß und grüß mir Bayern."

„Das mache ich gerne. Aber erzähl ruhig noch ein bisschen weiter. Ich finde das wahnsinnig spannend, über eine so lange Zeit von immerhin schon zwei Jahren unterwegs zu sein. Wie lange willst du das denn noch machen?"

„Das weiß ich nicht. Wie gesagt, eigentlich sollte es nur ein Sommer werden, dann war ich aber so angefixt, dass ich bis heute einfach immer weiter gemacht habe. Wenn es mir irgendwo nicht mehr gefiel oder die Musik nicht genügend Geld eingebracht hatte, bin ich halt weitergefahren. Meistens bin ich getrampt, manchmal reichte mein Geld auch für ein Bus- oder Zugticket. Und so habe ich zwischen Helsinki und Neapel schon recht viel gesehen."

„Und du hast immer genug Geld verdient, um davon Essen, Trinken und einen Schlafplatz bezahlen zu können? Ich meine, hier im Sommer in Prag bei all den Touristen kann ich mir das gut vorstellen, aber was machst du denn im Winter?"

„Da stelle ich mich auf einen Weihnachtsmarkt oder vor eine Kirche. Da geht das Geschäft oftmals noch viel besser. Aber natürlich gibt es Tage, da läuft es überhaupt nicht und ich bin froh, wenn es für das Nötigste ausreicht. Man wird aber äußerst bescheiden bei einem solchen Leben. Viel brauche ich ja auch nicht.‟

„Beneidenswert. Bei mir drehte sich in letzter Zeit eigentlich fast alles immer nur ums Geld. Vor allem, weil ich keins besaß und hoch verschuldet war. Da haben mich schnell meine Kosten erdrückt. Miete, Strom, Wasser, Versicherungen, all der ganze Mist. Damit musst du dich ja gar nicht herumschlagen.‟

„Eben. Und daher fehlt mir auch das geregelte Leben in Deutschland bislang gar nicht. Vielleicht kommt das ja irgendwann. Aber dann kann ich ja immer noch heimfahren und ein Studium beginnen oder was man sonst noch so machen kann. Bis es soweit ist, reise ich aber noch weiter mit meiner Gitarre durch die Lande.‟

„Ich ließ mich in den letzten zwei Jahren auch nur so durch mein Leben treiben, allerdings habe ich Hamburg dazu nicht ein einziges Mal verlassen‟, fing ich nun an, aus meinem Leben zu erzählen. „Ich meine, du hast da ein konkretes Ding vor Augen, was du machen willst, nämlich deine Musik. Und dabei möglichst viel von der Welt sehen. Mir war es im Grunde genommen nur wichtig, mich abends kräftig zu berauschen und ab und an mal eine Frau abzuschleppen. Dabei verlor ich jedes Ziel aus den Augen und machte mir auch nie Gedanken darum, wie ich diesen Lebensstil dauerhaft finanzieren sollte. Plötzlich stand ich da mit einem Haufen Schulden und ohne Perspektive für meine Zukunft. Das war kein schönes Gefühl.‟

„Dafür ist Hamburg und sein Kiez auf St. Pauli auch nicht das schlechteste Pflaster. Feiern und versacken kann man dort ja ziemlich gut. Das habe ich auch schon ein paar Mal erlebt. Wenn ich an meinen letzten Aufenthalt dort denke, wird mir ja jetzt noch ganz anders. Da haben mich zwei Hafenarbeiter im Silbersack mit Kümmelkorn so dermaßen abgefüllt, dass ich am nächsten Morgen unter der Fußgängerbrücke am Pudels Club aufwachte. Aber das wirst du ja selber kennen."

„Ja, so etwas ähnliches passierte mir in den letzten Jahren ziemlich oft. Und irgendwann war ich es wirklich leid. Da musste ich nun einen konsequenten Schritt machen und mich vom Kiez zurückziehen. Stattdessen habe ich mich an der Uni für das kommende Wintersemester eingeschrieben. Und bis dahin will ich auch noch ein wenig von der Welt sehen. So bin ich nach Prag gekommen."

„Das klingt auf jeden Fall nach der gesünderen Alternatife. Auf Dauer spielt ja auch der Körper bei einem derartigen Lebenswandel nicht mit. Ich muss da auch ständig auf der Hut sein, es nicht Abend für Abend mit dem Alkohol oder den Drogen zu übertreiben. Als Straßenmusiker kommt man da doch ziemlich häufig in Versuchung. Aber apropos Alternatife. Kennst du das Café Alternatif beim Altstädter Ring? Da kann ich heute Abend eine halbe Stunde auftreten und hoffentlich noch ein bisschen Geld verdienen. Wenn du Lust hast, kannst du mich ja begleiten."

Das wollte ich. Da ich ja bislang keine weiteren Pläne für den Abend hatte, würde ich mich gerne meinem neuen Bekannten, der sich als Linus vorstellte, anschließen. Doch vorerst wollte ich noch ein wenig unter den Arkaden des U Glaubiců sitzen bleiben und noch ein paar Bier trinken. Ganz wie es mir Anni von ihrem letzten Pragbesuch erzählt hatte. Bis zum Abend war ja noch ein wenig Zeit.

„Ich hole dich in zwei Stunden, also gegen sieben, hier ab. Bis dahin gehe ich noch mal kurz in mein Hostel, um mich ein wenig frisch zu machen", erklärte mir Linus die weiteren Pläne für den Abend. Ich stimmte ihm zu.

Als Linus um kurz nach sieben zurück zum U Glaubiců kam, erkannt ich ihn zuerst gar nicht. Er trug seine langen Haare jetzt offen und hatte seine zerschlissenen Klamotten gegen eine schwarze Anzughose und ein hellblaues Oberhemd eingetauscht. So hatte er mit dem abgeranzten Straßenmusiker vom Nachmittag optisch nicht mehr viel gemein. Er setzte sich noch einmal an meinen Tisch und lachte, als er meinen Bierdeckel in Augenschein nahm. Auf den waren inzwischen schon unzählige Striche und Zahlen gekritzelt worden.

„Das ist nicht alles von mir", versuchte ich mich zu erklären und merkte dabei, dass meine Zunge inzwischen sehr schwer geworden war. „Ein Bier geht auf deine Kappe und zwei weitere habe ich einer Bekanntschaft aus Berlin ausgegeben, bevor du hier auftauchtest."

„Dann ist ja gut. So bleiben ja nur", er zählte nach, „acht große Bier für dich. Nicht schlecht für einen Nachmittag. Meinst du denn, du schaffst es noch mit ins Café Alternatif zu kommen? Du musst doch schon ganz schön Schlagseite haben."

„Ach, alles kein Problem und nur eine Frage der Übung. Natürlich schaffe ich das noch. Vielleicht muss ich zwischendurch am Abend nur noch mal was essen gehen. Aber das sollte in der Altstadt ja kein Problem sein."

Ich bezahlte meinen Deckel und wir brachen auf in Richtung Altstädter Ring. Die acht Bier hatten in der Tat dafür gesorgt, dass mein Gang nicht mehr ganz so sicher war, aber ich glaubte, mit etwas Konzentration einigermaßen gerade gehen zu können. Auf der Karlsbrücke wehte eine angenehme Brise und wir hielten kurz inne. Das Wasser der Moldau schien fast still zu stehen und glitzerte silbern im Lichte der frühabendlichen Sonne. Prag zeigte sich einmal mehr von seiner herrlichsten Seite, auch wenn ich das Bild nur wie durch einen Schleier wahrnahm. Es war dennoch wunderschön und gerne hätte ich diesen Augenblick jetzt mit Maria anstelle von Linus geteilt.

„Komm jetzt, wir müssen weiter. Sonst komme ich noch zu spät zu meinem Gig", riss mich dieser aus meinen Gedanken. Ich strich mir durch die Haare, rieb mir die Augen und folgte Linus weiter durch die Altstadt.

Das Café Alternatif lag vom Altstädter Ring aus wirklich nur eine Straßenecke weiter südlich in einer kleinen Straße, die auf den melodischen Namen U Radnice hörte. Dort ging es in einem kleinen Hof eine Kellertreppe hinunter in ein altes Gewölbe. Der Geruch von Cannabis stieg uns dort intensiv in die Nase, noch bevor wir die eigentlichen Räumlichkeiten erreicht hatten. Zuerst mussten wir noch einen Gang hinunter gehen, von dem Durchgänge zu den Toiletten und diversen ausgeschilderten Lagerräumen abgingen. Am Ende stand eine Flügeltür weit offen, hinter der sich der Schankraum befand. Wir traten ein und wurden nun vollends von einer Marihuana-Wolke umhüllt. Während ich mich erst einmal hinsetzen musste und an einem kleinen Tischchen nahe dem Eingang Platz nahm, um mich an die Luft zu gewöhnen, ging Linus zur Bar und stellte sich beim Personal vor. Wenige Augenblicke später kam er mit zwei Bierkrügen zu mir herüber.

„Da hast du dir ja einen schönen Coffeeshop für deinen heutigen Auftritt ausgesucht. Hier wird ja mehr gekifft als in der Amsterdamer Altstadt", empfing ich ihn.

„Stimmt. Das ist mir heute Morgen gar nicht so aufgefallen, als ich hier nachgefragt hatte. Wahrscheinlich war es da auch noch nicht so heftig wie jetzt. Dabei ist Hasch doch in Tschechien genauso verboten wie bei uns in Deutschland. Noch zumindest, denn es gibt hier ernsthafte Bestrebungen, das Zeug zu legalisieren. Scheinbar ist das hier ein erster Versuchsballon, der gestartet wurde. Ob offiziell oder nicht, weiß ich aber auch nicht."

„Gestern war ich bereits in einem anderen Versuchsballon, dem Chapeau Rouge. Da wurde auch ganz offen mit Gras und Dope gedealt und auch direkt vor Ort konsumiert. Gar nicht schlecht, die Verhältnisse hier", grinste ich Linus nun an.

„Finde ich auch. Von daher habe ich uns auch gleich vom Tresen etwas mitgebracht." Er zog einen fertig gedrehten Joint aus seiner Jackentasche, zündete ihn an und nahm ein paar tiefe Züge.

„Man muss sich ja den Gepflogenheiten seines Gastgeberlandes anpassen." Er reichte mir die Tüte rüber und auch ich probierte davon. Ich musste husten, da sie sehr luftig gebaut war und das Gras darin sehr trocken zu sein schien. Es stieg mir sofort zu Kopf und schaffte dort ein angenehmes Schwindelgefühl. Zusammen mit dem kühlen Bier war das eine sehr intensive Rauschbeschaffung.

„Dazu fehlt ja jetzt nur noch die Gesellschaft der grünen Fee. In meinen bisherigen zwei Tagen in Prag habe ich bereits einige Absinth getrunken. Der Wermut ist hier ja sehr populär", erklärte ich Linus.

„Glaube ich auch. Zumindest steht der auf jeder Getränkekarte und ich habe auch nicht selten Leute ihn trinken sehen. Selber habe ich davon aber noch nicht probiert. Das war mir irgendwie immer zu hart. Und die Geschichten, die sich darum ranken, haben mir auch mächtig Respekt eingeflößt."

„Das müssen wir aber ändern. So schlimm ist das ja auch nicht. Und es gehört doch wohl zu einem runden Abend im Prager Nachtleben dazu." Kaum hatte ich es ausgesprochen stand ich auch schon auf und ging hinüber zur Bar, um dort zwei Gläser zu bestellen. Diesmal wurde wie im Café Slavia das komplette Besteck gereicht, also mit Löffel, Würfelzucker und

Streichhölzern. Damit setzte ich mich wieder zu Linus an den Tisch und zeigte ihm das Ritual.

„Schmeckt mit dem geschmolzenen Zucker gar nicht so stark, wie ich befürchtet hatte", stellte Linus fest. „Allerdings muss das erstmal bei dem einen für mich bleiben. Schließlich will ich hier gleich noch auftreten. Die haben mir sogar angeboten, gleich zwei Sets heute Abend zu spielen. Einmal um neun und einmal um elf, jeweils für eine Dreiviertelstunde. Dazwischen und danach spielt auch noch ein einheimisches Folk-Duo. Die sind aber noch gar nicht da."

Ich schaute auf die Uhr und stellte fest, dass es erst kurz vor acht war. Für diese Uhrzeit fühlte ich mich schon ganz schön betrunken. Und der Joint wird sicher auch sein bestes dazugegeben haben. Mir fiel auf, dass ich seit meinem Guláš-Bier-Frühstück noch nichts weiter gegessen hatte. Da kann einem die grüne Fee ja auch schon mal auf den Magen schlagen. Ich bekämpfte das Übelkeitsgefühl, indem ich meinen Bierkrug in einem tiefen Zug austrank. Kaum hatte ich den leeren Krug abgesetzt, stand der Typ vom Tresen bei uns am Tisch und reichte uns zwei neue.

„Free drinks for the musicians", sagte er freundlich. „The whole night long."

„But I am not a musician, just a friend of Linus. He is a fabulous one-man-band", gab ich dem Wirt zu verstehen.

„Ok, I see. I will tell the guys at the bar, that you are the roadie of Linus. Then you will get your drinks for free."

Das war doch eine Ansage. Den ganzen Abend lang alle Getränke frei Haus. Allerdings befürchtete ich, dass bei mir das Limit gleich schon erreicht sein könnte. Schließlich hatte ich den ganzen Nachmittag im U Glaubicǔ schon vorgelegt und fühlte mich bereits wie ein Bierfass. Aber etwas würde noch gehen. Und dann könnte ich ja zwischendurch auch noch mal etwas essen, um wieder auszunüchtern.

„That sounds great", rief ich dem Kellner zu. „Thank you. We will take two more Absinth."

„Ich hatte Dir doch gesagt, dass es bei dem einen für mich bleiben wird", raunte mich Linus nun an. „Ich will hier gleich einen ordentlichen Gig hinlegen. Das kann ich besoffen nicht gut. Also für mich keinen Absinth mehr. Zumindest nicht, bevor ich die zwei Sets gespielt habe."

Ich wollte dem Wirt noch ein Zeichen geben, da sah ich ihn schon mit den Drinks zurück an unseren Tisch kommen. Die würde ich jetzt wohl alleine trinken müssen.

„Alles klar, Linus, ich habe verstanden. Keinen Absinth mehr für dich. So vernünftig wie du möchte ich auch mal sein."

„Alles eine Frage der Selbstdisziplin. Ich habe dir ja bereits erzählt, dass ich als Musiker bei meinen Auftritten immer wieder in Versuchung geführt werde, zu viel Alkohol zu trinken. Und glaube mir, ich habe oft genug nachgegeben und keine Vernunft walten lassen. Aber das hat mich im Nachhinein stets nur geärgert. Einen gewissen Anspruch an meine Musik und meine Auftritte habe ich ja schon. Und dem werde ich einfach nicht gerecht, wenn ich zuvor schon ordentlich getankt habe. Außerdem muss ich mal kurz meinen Soundcheck machen."

Linus stand auf und ließ mich mit meinen zwei Gläsern Absinth zurück. Ich nahm mir umgehend das erste davon vor und zündete fachgerecht den getränkten Würfelzucker an. Als sich dieser aufgelöst hatte und ins Glas getropft war, trank ich das Glas in einem Zug aus. Ex und hopp, schließlich hatte ich ja noch einen vor der Brust, mit dem ich genauso verfuhr. Danach lehnte ich mich in meinem Stuhl zurück und wartete auf die grüne Fee. Die ließ sich nicht lange bitten und nach einigen Augenblicken ergriff mich ein starkes Schwindelgefühl und der Raum begann sich um mich zu drehen. Der hektische Free-Jazz, von dem die Bar erfüllt wurde, tat sein Übriges, um mir ein Gefühl der Haltlosigkeit zu geben. Ich versuchte, mit meinen Augen einen festen Punkt an der gegenüberliegenden Wand zu fixieren, was mir aber kaum gelang. Immer wieder rutschte das Jimi-Hendrix-Poster, das ich zu diesem Zwecke auserkoren hatte, aus meinem Blick. Ich hörte, wie sich Linus im Nebenraum auf der Bühne an seinen Soundcheck machte. Er stimmte seine Gitarre und machte einen Mikrofon-Check, indem er immer wieder „One, two" hineinsprach. Das klang nach geschätzten zwei Minuten sehr monoton und ermüdend, hatte aber eine beruhigende Wirkung auf mich und ließ den Schwindel ein wenig in den Hintergrund treten. Nun begann Linus damit, „Lady In Black" von Uriah Heep anzuspielen. „She came to me one morning, one lonely Sunday morning", ich musste unwillkürlich an Maria denken. Die wollte ich doch heute Abend noch unbedingt anrufen, um zu hören, ob sie gut in Hamburg angekommen sei. So wie es mir Anni dringend geraten hatten. Und auf den Rat einer so erfahrenen und gebildeten Frau wie Anni wollte ich doch hören. Ich beschloss, das Telefonat nicht länger vor mir herzuschieben, sondern gleich in Angriff zu nehmen. Dann würde ich auch etwas essen können, dachte ich mir. Bevor mein Zustand noch schlimmer werden würde. Eine kleine Ausnüchterung wäre bestimmt nicht verkehrt. Und spätestens zu Linus' zweitem Set wäre ich ja auf jeden Fall wieder zurück im Café Alternatif.

Mit wackeligen Knien stand ich auf und ging hinüber in den anderen Raum, wo Linus noch immer beim Soundcheck war. Ich gab ihm per Handzeichen Bescheid, dass ich nach draußen zum Telefonieren und Essen gehen würde. Er nickte mir kurz zu und widmete sich anschließend wieder seinem Effektgerät.

Es war gar nicht so leicht für mich, draußen die Orientierung zu gewinnen. Ich trat aus dem Hinterhof, in dem sich das Café Alternatif befand, und schaute rechts und links die Gasse hinunter. Soweit ich mich erinnern konnte, ging es links runter zum Altstädter Ring. Da würde ich doch wohl eine Telefonzelle finden. Ich lehnte mich an einen Laternenpfahl und versucht ein wenig klarer im Kopf zu werden. Meine Beine fühlten sich an wie aus Gummi. Das musste dringend aufhören, ansonsten würde ich mich hier ganz schnell auf die Nase legen. Du hast alle Zeit der Welt, sprach ich mir selber Mut zu. Warte hier so lange, bis du dich wieder sicherer fühlst. Neben mir nahm ich einen kleinen Kiosk wahr, der neben diversen Souvenirs und Zeitungen auch gekühlte Getränke anbot. Dort hinein würde ich es schaffen. Wie in Trance betrat ich den Laden und kaufte mir unter Aufbringung meiner vollen Konzentration eine Flasche Wasser, die ich noch vor Ort zu trinken begann. Das half. Ich fühlte den einen oder anderen Lebensgeist zurückkehren, so dass ich den Kiosk wieder verlassen und mich auf die Suche nach einer Telefonzelle machen konnte.

Nach wenigen hundert Metern, kurz vor dem immer noch von zahlreichen Touristen gut besuchten Altstädter Ring, wurde ich auch schnell fündig. Ich steckte meine Telefonkarte vom Vormittag in den Apparat und stellte zufrieden fest, dass sich darauf noch genügend Guthaben für ein kurzes Telefonat nach Deutschland befand.

Nach viermaligem Läuten wurde am anderen Ende der Leitung abgenommen.

„Hallo, hier ist Judith", meldete sich eine mir unbekannte Frauenstimme.

„Hallo, ich hätte gerne Maria gesprochen", erwiderte ich etwas überrascht, Maria nicht persönlich in der Leitung zu haben.

„Die hat sich bereits hingelegt, war doch ziemlich geschafft von ihrer Reise. Kann ich ihr etwas ausrichten? Ich bin ihre Mitbewohnerin."

„Bestelle ihr doch bitte einen schönen Gruß von ihrer Pragbekanntschaft. Ich melde mich morgen noch einmal."

Das hatte ich mir anders vorgestellt. Zu gerne hätte ich jetzt Marias Stimme gehört und ihr gesagt, wie sehr sie mir schon jetzt fehlte. Aber sie deshalb von ihrer Mitbewohnerin wecken lassen, wollte ich auch nicht. Welchen Eindruck würde denn das machen? Wirklich Dringendes hatte ich ihr ja objektiv betrachtet nicht zu sagen. Obwohl ich eigentlich just in diesem Moment nichts anderes lieber wollte, als Maria zu sprechen, zu hören, wie es ihr geht, ihr zu verstehen geben, dass ich mehr für sie sein wollte als nur ein Urlaubsflirt. Aber war ich das denn? Von meiner Seite her sicher. Aber wie sah es bei ihr aus? In drei Tagen würde ihr Freund zurückkommen. Und dann? Ich musste abwarten und die Spekulationen sein lassen. Die würden mich nicht weiterbringen. Also verabschiedete ich mich von Judith und legte auf.

Als nächstes musste ich mich um mein Abendessen kümmern. Wenn ich noch weiter Alkohol trank, ohne vorher feste Nahrung zu mir zu nehmen, würde ich in absehbarer Zeit zusammenklappen. Doch wo sollte ich hingehen? Hier rund um das alte Rathaus schienen mir die Restaurants doch völlig überteuert und touristisch verseucht zu sein. Mir fiel das Orlík ein. Das Restaurant, in dem ich am Samstagabend kennengelernt hatte. Das war doch ziemlich zentral gelegen. Ich müsste nur zum Moldauufer gehen und mich ein wenig nach Süden orientieren. Das sollte doch wohl zu schaffen sein. Ich machte auf dem Absatz kehrt und ging die Gasse, in der ich mich befand, in die andere Richtung zurück. Wenn ich am Café Alternatif vorbeikommen würde, müsste ich mich nur ein wenig rechts halten und käme automatisch zum Wasser. Nach einigen Minuten wunderte ich mich allerdings, dass ich einfach nicht am Café Alternatif vorbeikam. Ich hätte dort schon längst sein müssen. Vielleicht hatte ich den Eingang zum Hinterhof einfach übersehen. Also ging ich weiter und versuchte mich zu orientieren. Ich kam an einen Wegweiser, der die Richtungen Hradschin, Teinkirche und Karlovo Namesti anzeigte. Die Karlsbrücke also, von dort würde ich das Orlík leicht finden. Ich schlug die Richtung ein, wunderte mich aber noch, dass es nach links abging, mein Orientierungssinn mich aber nach rechts geschickt hätte. Nach einigen hundert Metern kam mir die Sache immer komischer vor und als nach der nächsten Straßenecke immer noch kein Wasser zu sehen war und ich stattdessen an einem verkehrsreichen Platz stand, fragte ich einen Passanten nach der Kalrovo Namesti. Der nickt und zeigte über den Platz: „Karlovo Namesti." Aber das war doch nicht die Karlsbrücke. Nirgendwo war diese zu sehen. Ich fragte auf Englisch nach der „Charles Bridge". Mein Gegenüber stutze, dann lachte er. „You mean Karlovo Most, the Charles Bridge. This is Karlovo Namesti, the Charles Square."

Auch ich musste lachen. Da kann man ja auch mal durcheinander kommen. Vor allem wenn man den ganzen Tag über Bier und bereits drei Absinth getrunken hatte. Mein freundlicher Informant zeigte in eine kleine

Straße und sagte: „This is the direct way to the Charles Bridge. Go ahead and then turn right."

Artig bedankte ich mich und machte mich auf den Weg. Noch immer fühlte ich mich ein wenig wackelig auf den Beinen. Ich bog in die Straße ein, die mich zur Karlsbrücke führen sollte, und folgte dieser. An der nächsten Straßenecke blieb ich stehen. Mir wurde ja gesagt, ich solle rechts abbiegen. Aber ich wollte doch gar nicht direkt zur Karlsbrücke, sondern zum Orlík. Das müsste dann ja in linker Richtung zu finden sein. Also schlug ich diesen Weg ein. An der nächsten Weggabelung entschied ich mich für die rechte Alternatife, an der darauffolgenden für die linke. So schön das Geflecht der verwinkelten Gassen in der Prager Altstadt aus kulturhistorischer Sicht auch sein mochte, in diesem Moment wünschte ich mir ein Verkehrsnetz wie in Manhattan, alles schön rechtwinklig angeordnet. Da kann man sich gar nicht verlaufen. Wieder kam ich an eine kleine Kreuzung und wusste nicht weiter. Ich beschloss, in der Kneipe auf der gegenüberliegenden Straßenseite erneut nach dem Weg zu fragen. Mein Magen knurrte und ich wollte endlich etwas essen. Ansonsten würde ich es auch nicht mehr rechtzeitig zu Linus' Auftritt schaffen.

Auch die Luft in der Bar, die ich nun betrat, stand vor Rauch. Allerdings schien hier niemand zu kiffen. Es wurden ausschließlich Zigaretten geraucht. Dazu war das Neonlicht, das den Raum erhellte, nicht gerade gemütlich. Genauso wenig wie das Mobiliar. Die Tische

und Stühle sowie der Tresen mit den dazuge-
hörigen Barhockern schienen aus einem Billig-
Möbel-Laden der siebziger Jahre zu entstam-
men. An der linken Seite hing der einzige
Wandschmuck. Eine Europakarte aus Zeiten
vor dem Umschwung. Hier waren Tschechien
und die Slowakei noch eine Nation, es gab
noch die DDR und alles östlich von Polen hieß
U.d.S.S.R. So wie damals auf den Karten und
in den Atlanten, die wir aus der Schule kann-
ten. Musik lief keine, und als ich die Kneipe
betrat, verstummten in diesem Moment alle
Gespräche. So war es mit einem Mal mucks-
mäuschenstill. Die Blicke der Gäste waren nun
auf mich gerichtet, was mich mehr als irritierte.
Verunsichert nickte ich in die Runde und ging
auf den Wirt hinter dem Tresen zu.

„I want to go to the Restaurant Orlík. It is
directly at the Vltava. Do you know it?"

Anstatt mir zu antworten, guckte mich der
Wirt nur fragend an.

„He does not speak English", hörte ich nun
eine Stimme neben mir sagen. Ich drehte mich
zur Seite und schaute in ein offenes, freundli-
ches Gesicht. Der Mann, der mit mir sprach,
dürfte Anfang dreißig gewesen sein und hatte
ausgeprägte slawische Gesichtszüge. Seinen
Kopf zierte eine Baseballkappe mit einer historischen Fahne oder einem Wappen über dem
Schirm.

„Where are you from?", fragte er mich jetzt
in seinem akzentreichen Englisch.

„I am from Hamburg", antwortete ich immer noch etwas unsicher. „Do you know the
Restaurant Orlík?"

"Du bist Deutscher? Dann sei unser Gast." Sein Deutsch war fließender und viel akzentfreier als sein Englisch. Ohne auf meine Frage einzugehen, zog er einen freien Barhocker an seine Seite und bot mir diesen an.

„Darauf trinken wir einen. Hierhin verirren sich selten Deutsche. Die gucken sich nur die Sehenswürdigkeiten an und verlassen die touristischen Pfade selten. Ich freue mich, dich kennenzulernen. Mein Name ist Wilhelm." Er reichte mir die Hand. Ich schlug ein und stellte mich auch kurz vor.

Wilhelm gab auf Tschechisch eine Bestellung auf und in Windeseile stellte der Wirt uns zwei große Bierkrüge und zwei Schnapsgläser hin, die er umgehend aus einer Flasche Becherovka füllte. Ich stieß mit Wilhelm an und dieser erhob seine Stimme: „Auf Deutschland!"

Was war das denn jetzt? Ich wurde noch unsicherer. Wieso trank man denn hier in Tschechien mit mir auf Deutschland? Das war mir unheimlich. Oder sah ich schon wieder überall Nazi-Gespenster, die gar keine waren, und Wilhelm wollte einfach nur freundlich zu mir sein? Ich war hier schließlich ein deutscher Gast. Wir tranken den Becherovka auf ex und kaum dass wir die Gläser auf dem Tresen abgestellt hatten, wurden diese vom Wirt auch schon wieder gefüllt.

„Ihr Deutschen seid unsere Freunde. Die Russen haben uns lange genug drangsaliert. Und jetzt kommen die Amerikaner mit ihrem Geld. Alles wird kommerzialisiert. Nur ihr Deutschen seid schon immer gut zu uns Tschechen gewesen. Der Führer hat ja nicht einem Tschechen etwas Böses antun lassen. Außer vielleicht den paar Juden, die nach Theresienstadt umgesiedelt wurden. Aber das zählt ja nicht."

Ich musste schlucken. Theresienstadt war doch das größte KZ in Böhmen. Dorthin wurde niemand umgesiedelt, sondern deportiert. Und überhaupt, was für eine braune Scheiße ließ dieser Wilhelm denn hier vom Stapel? Ich fühlte mich schlagartig mehr als unwohl in meiner Haut und wollte nur noch nach draußen.

„Ja, danke für die Einladung", stammelte ich. Auf eine Diskussion oder gar Konfrontation wollte ich es nicht ankommen lassen. Schließlich stand ich alleine einem guten Dutzend trinkfester Tschechen gegenüber, die bei Wilhelms Worten zustimmend nickten und in unsere Richtung prosteten. Wilhelms Haltung schien hier geteilt zu werden.

„Kennst du denn das Orlík? Ich muss da dringend hin", versuchte ich nun die Kurve zu kriegen.

„Was willst du denn da? Trink lieber noch einen mit uns." Er nahm seinen Becherovka in die Hand und wartete darauf, dass ich es ihm gleichtat.

„Ok. Aber danach muss ich wirklich los." Ich trank aus, nahm noch einen großen Schluck aus meinem Bierkrug und wollte aufstehen. Doch Wilhelm legte mir entschlossen die Hand auf die Schulter.

„Das ist jetzt aber unhöflich. Du lässt dir von mir einen ausgeben und revanchierst dich dann nicht einmal?"

„Doch, doch", stotterte ich und hatte nun endgültig Angst davor, hier nicht mehr heile rauszukommen. Unsicher nickte ich dem Wirt zu, er möge unsere Schnapsgläser erneut füllen, und legte einen Kronenschein auf den Tresen. Auch diese Runde tranken Wilhelm und ich auf ex. Mein Herz schlug mir bis zum Hals. Schnell noch einen Schluck Bier hinterher. Da musste ich plötzlich würgen und hatte das Gefühl, mich übergeben zu müssen. Wilhelm bemerkte mein Unwohlsein.

„Ist dir nicht gut? Da vorne ist die Toilette." Er zeigte auf eine Tür links neben dem Tresen.

„Ich glaube, ich muss mich mal kurz frischmachen", lallte ich mit schwerer Zunge und versuchte aufzustehen. Das gelang mir allerdings nicht. Stattdessen fiel ich der Länge nach auf den Boden und riss meinen Barhocker dabei um. Jetzt lachte die gesamte Kneipe. Nur Wilhelm schaute mich besorgt an und half mir auf. Er stützte mich und begleitete mich ohne ein weiteres Wort zur Toilette. Er öffnete die Tür und fragte mich, ob ich es nun alleine schaffen würde. Ich bejahte und trat ein. Es stank bestialisch und das Klo selber war völlig verschmutzt. Es befand sich auch nur eines in dem kleinen Raum und diesem fehlten der Deckel und die Brille. Ich trat an das kleine Waschbecken und schaute in den verschmierten Spiegel, aus dem bereits eine Ecke herausgebrochen war. Der Anblick, der sich mir bot, beruhigte mich nicht. Meine Haut war kreidebleich und unter den Augen hatten sich tiefe, dunkle Ringe gebildet. Mit der rechten Hand spritzte ich mir ein wenig Wasser ins Gesicht, mit der linken hielt ich mich am Beckenrand fest. Ich wollte hier nur noch raus, egal ob ich das Orlík noch finden würde oder sonst einen Ort, an dem ich nicht mit tschechischen Faschisten Schnaps trinken müsste. Bezahlt hatte ich ja bereits. Wahrscheinlich sogar viel zu viel für die eine Runde. Aber da hatte ich inzwischen den Überblick verloren. Die Zeche würde ich hier jedenfalls nicht prellen. Am besten würde ich einfach schnurstracks durch die Bar zum Ausgang marschieren und zusehen, dass ich draußen schnell Land gewann.

Vorsichtig öffnete ich die Tür einen Spalt breit und schaute zur Bar hinüber. Dort saß Wilhelm mir mit dem Rücken zugewandt und sprach mit dem Wirt. Er würde mich also nicht sofort sehen und mitbekommen, was ich vorhatte. Jetzt oder nie. Ich riss die Tür auf und ging so schnell, wie es mein Zustand zuließ, zur Tür und würdigte die Gäste und vor allem Wilhelm keines Blickes. Als ich an meinem Ziel ankam, hörte ich mehrere rufende Stimmen hinter mir. Allerdings reagierte ich darauf nicht, riss stattdessen die Tür auf und trat ins Freie. Dort fing ich sofort an zu rennen oder tat zumindest das, was ich dafür hielt, was aber wohl eher einem Taumeln und Schlingern gleichkam.

Nach einigen Metern schaute ich über meine Schulter, um zu sehen, ob mir jemand aus der Kneipe folgen würde. Doch ich stutzte. An der Ecke hinter mir, an der ich die Kneipe vermutete, war nur das Schaufenster einer Bäckerei zu sehen. Ich schaute nach rechts und links, konnte aber keine Kneipe ausmachen. Dennoch lief ich weiter, vielleicht hatte ich mich ja nur verguckt. Mehrmals bog ich ab und gönnte mir keine Pause, bis ich plötzlich wieder an der Kreuzung vor der Bäckerei stand. Aber immer noch war keine Kneipe zu sehen. Ich begann, an meiner Wahrnehmung zu zweifeln. Was passierte hier gerade mit mir? Wilhelm und die Kneipe hatte es doch wirklich gegeben, das war keine Einbildung. Ich beschloss, einfach weiter zu gehen, und hoffte, irgendwann an einen markanten Punkt zu kommen, an dem ich meine Orientierung wiederfinden würde.

Zwei Straßenecken weiter passierte das dann auch und ich schaute erneut auf den Karlsplatz. In der Mitte befand sich ein kleiner Park, den ich ansteuerte. Völlig außer Atem musste ich mich dort mal kurz hinsetzen und verschnaufen. Auf einer Bank neben einem Gebüsch nahm ich Platz und vergrub das Gesicht in meinen Händen. Was war hier bloß los? Hatte schon wieder die grüne Fee ihre Hand über mich gelegt und verwirrte mir die Sinne?

Die grüne Fee, von ihr schien ich nicht loszukommen. Jetzt streichelte sie sogar mein Gesicht und begann mit der linken Hand meine Brust zu kraulen. Sie wanderte weiter nach unten und streichelte meinen Schritt. Ich versuchte ihr Gesicht zu erkennen und beugte mich immer weiter vor, bis ich plötzlich vorn über fiel und der Nase lang aufschlug. Ich erschrak. Wo war ich? Und wer war die Frau, die da an mir herumfummelte? Eine grüne Fee ganz bestimmt nicht. Der Traum verflüchtigte sich und vor mir erschien immer deutlicher die Visage einer heruntergekommenen Obdachlosen, deren Alter ich nicht schätzen konnte. Sie lächelte mich an und zeigte ihre verfärbten

Zähne. Ihre Hand griff nach mir und ich sah die schwarzen Ränder unter den Findernägeln. Zügig drehte ich mich um, saß nun auf meinem Hintern und kroch ein, zwei Schritte von ihr fort. Sie winkte mich zu sich und ich musste unweigerlich an die Hexe aus Hänsel und Gretel denken.

„Blowjob. Good. Cheap. Good blowjob", krächzte sie mir nun entgegen. Geistesgegenwärtig fasste ich an die Gesäßtasche meiner Jeans und griff nach meinem Portemonnaie. Das war zum Glück noch da. Nun versuchte ich aufzustehen.

„No blowjob", gab ich zu verstehen, drehte mich um und taumelte in Richtung Straße. In meinem Rücken hörte ich die Alte weiter in gebrochenem Englisch die Vorzüge ihrer Blowjobs anpreisen. Sie schien mir aber nicht zu folgen.

Am Ende der Straße entdeckte ich einen Taxistand, auf den ich zusteuerte. Ich schaute auf meine Armbanduhr. Diese zeigte halb drei an. Ich musste also mehrere Stunden auf der Parkbank geschlafen haben. Es half alles nichts, ich musste dringend ins Bett. Ohne Abendessen im Orlík, ohne den Auftritt von Linus gesehen zu haben, ohne Blowjob, dafür aber noch mit meiner Geldbörse und halbwegs heilen Knochen. Nur meine Nase blutete noch ein wenig von dem Sturz, so dass ich ein Taschentuch darunter hielt. Mit ein wenig zu viel Schwung riss ich die Hintertür des ersten Taxis auf, ließ mich auf die Rückbank fallen und nannte dem Fahrer den Namen meines Hotels. Dieser stutzte kurz, musterte mein ramponiertes Gesicht im Rückspiegel, fuhr dann aber, ohne ein Wort zu sagen, endlich los. Ob sich mein Nachtportier überhaupt noch wundern würde? Ich durfte nur nicht vergessen, ihn darum zu bitten, mich morgens rechtzeitig zu wecken. Meine Zeit in Prag näherte sich dem Ende, München wartete auf mich.

Fourth rule is …

München Hauptbahnhof. Die Lautsprecherdurchsage riss mich aus meinen Gedanken. Ich schaute aus dem Zugfenster und erkannte mehrere Bahnsteige des Kopfbahnhofes. Es war an der Zeit auszusteigen. Ich war also angekommen. Zurück in Deutschland, in der bayerischen Hauptstadt. Prag lag hinter mir. Mal schauen, was mein zweites Reiseziel zu bieten haben würde. Ich schnappte mir meine Tasche und verließ den Zug.

Die meiste Zeit der Fahrt über hatte ich geschlafen und versucht in „Das Urteil" von Franz Kafka zu lesen. Das Buch hatte ich mir vor meiner Abreise noch am Prager Hauptbahnhof gekauft. Besonders weit war ich aber nicht gekommen. Es fiel mir schwer, mich auf den Text zu konzentrieren. Die Nachwehen der gestrigen Nacht waren einfach zu schlimm. Meine Nase schmerzte noch immer, die Kopfschmerzen wollten nicht aufhören und in meinem Magen fühlte es sich immer noch an, als ob Wilhelm und seine Kameraden dort pausenlos durchmarschieren würden. Zwei große Flaschen Wasser hatte ich unterwegs getrunken, geholfen hatte das wenig. Ich würde dringend etwas Stärkendes essen oder besser noch ein bayerisches Reparierbier trinken müssen. Die deftige bayerische Küche würde mich bestimmt wieder zu Kräften kommen lassen. Und ein süffiges Weißbier sicher auch. Doch zuvor musste ich mir erstmal ein Zimmer für die Nacht suchen.

Nachdem ich meinen Zug verlassen hatte, suchte ich in der Bahnhofshalle eine Touristeninformation, wo man mir in Sachen Zimmersuche behilflich sein könnte. In Prag hatte das ja auch gut geklappt. Zwischen den obligatorischen Kiosken und Imbissständen fand ich auch ein entsprechendes Büro und erkundigte mich nach einem Quartier.

„Da kommen Sie aber zu einem sehr ungünstigen Zeitpunkt", begrüßte mich der Angestellte hinter seinem Schreibtisch. Er sah aus, wie ich mir einen bayerischen Beamten so vorgestellt hatte. Mittleres Alter, Bierbauch, Schnauzbart und Trachtenhemd, so strahlte er eine enorme Gemütlichkeit aus, konnte aber mit Prinzessin Leia aus Prag nicht konkurrieren. „In Bayern sind bereits Ferien und da ist hier ziemlich viel ausgebucht. Was suchen Sie denn genau? Eigentlich gibt es nur noch ein paar sehr hochpreisige freie Zimmer, die ich Ihnen anbieten kann."

„Eigentlich benötige ich für heute Abend nur ein einfaches Zimmer, in dem ich mich betten kann. Außer zum Schlafen werde ich nicht viel dort sein. Da habe ich keine besonderen Ansprüche. Ich bin heute Abend im Olympiapark und im Wirtshaus im Schlachthof. Gibt es da nicht irgendeine Pension, die für die beiden Ziele gut gelegen ist?"

„Alles voll. Im Olympiapark ist ja auch gerade Open-Air-Konzert-Saison. Am besten suchen Sie sich einfach hier im Bahnhofsviertel ein Zimmer. Die vermitteln wir nicht, aber da kann man einfach vorbeischauen und anfragen. Nur die Ansprüche sollten wirklich nicht allzu hoch sein, wenn Sie verstehen, was ich meine."

„Das macht mir nichts. Wo gehe ich denn da am besten hin?"

„Am besten nehmen Sie hier den Südausgang und schauen sich mal in der Paul-Heyse- und Landwehrstraße um. Da finden Sie zahlreiche Hotels, Pensionen und Absteigen."

Ich bedankte mich für die Auskunft und machte mich auf, der Wegbeschreibung zu folgen.

Auf dem Bahnhofsvorplatz schien mir die Nachmittagssonne direkt ins Gesicht. Ich setzte meine Sonnenbrille auf und schaute mir die Gegend an. Neben den Fahrradständern lungerte eine Gruppe junger Punks herum und versuchte, den vorbeikommenden Passanten ein paar Mark für die nächste Runde Bier abzuschnorren. Ein paar Meter weiter stand ein Hot-Dog-Wagen, in dem ein gelangweilter Verkäufer gedankenverloren in der Nase bohrte. Verkaufsfördernd dürfte dieser Anblick nicht sein, aber es war auch weit und breit kein Kunde zu sehen. Stattdessen hatte sich eine lange Schlange vor einem Stand für Softeis gebildet. Der Sommer war auch an der Isar angebrochen. Dementsprechend luftig war auch die Kleidung der Menschen auf der Straße. Im Gegensatz zu Prag dürften die Temperaturen hier noch ein paar Grad höher liegen. Ich nahm mir vor, später mal nach einem Thermometer Ausschau zu halten.

Ich überquerte die Bayerstraße und betrat auf der gegenüberliegenden Straßenseite ein großes A&O-Hotel. Doch bereits im Foyer konnte ich das Schild „Ausgebucht" auf dem Empfangstresen sehen. Ich machte auf dem Absatz kehrt und versuchte mein Glück in der Paul-Heyse-Straße. Unweigerlich musste ich an Hamburg denken. Hier sah es aus wie in St. Georg rund um den Steindamm. Im- und Export-Läden, Imbissbuden, Kioske, Wettbüros, Telefon- und Internetshops sowie mehrere Hotels reihten sich aneinander. Wobei mein erster Eindruck nicht so war, als dass diese Häuser die Bezeichnung Hotel wirklich verdient hätten. Der Mann aus dem Fremdenverkehrsbüro hatte nicht Unrecht gehabt. In der Tür des Hotels Milano hing ein Zettel „Zimmer frei" und ich trat ein.

Die Luft roch abgestanden, die Temperatur war viel zu hoch. Eine Klimaanlage schien es hier nicht zu geben. Das Licht, das durch die Lamellen-Rollos fiel, war für die Tageszeit zu dunkel und der Typ hinter der Rezeption für seinen Job viel zu schlecht gelaunt. Ich wollte meinem ersten Reflex folgen und den Laden gleich wieder verlassen, dachte dann aber daran, dass es mir wirklich egal sein konnte, wo ich mein Haupt heute Nacht für ein paar Stunden betten würde. Vor den frühen Morgenstunden würde ich eh nicht von der Aftershow-Party zurück sein. Und morgen würde ich weitersehen. Auf der Zugfahrt hierher nach München hatte den Gedanken, vielleicht ein paar Tage ins Alpenvorland zu fahren und an einem der Seen dort zu entspannen. Der Tegernsee, Chiemsee oder Ammersee sollten doch ganz schön sein. Und mit der Bahn wäre ich schnell dort. Aber das würde ich eben noch nicht heute entscheiden. Heute stand der Rock'n'Roll auf dem Programm. Und dafür war eine solche Absteige wie das Hotel Milano vielleicht sogar genau passend. Ich fragte nach dem Preis für ein Einzelzimmer und war angenehm überrascht, als ich erfuhr, dass dieses nur fünfzig Mark kosten sollte. Bei dieser zentralen Lage, da störte mich die fehlende Klimaanlage auch nicht. Ich sagte zu und ließ mir den Schlüssel geben.

Mein Zimmer lag im ersten Stock, der über eine enge, sehr steile Holztreppe zu erreichen war. Der Teppichboden im Flur war abgelaufen und verschlissen, die Deckenbeleuchtung schaffte es kaum, ihn zu erhellen. Ich fand mein Zimmer in der Mitte des Ganges und versuchte die Tür aufzuschließen. Das Schloss klemmte zwar ein wenig, gab aber nach einigem Ruckeln nach. Die Luft in dem winzigen Zimmer war genauso alt und verbraucht wie im Flur und in der Rezeption. Ich zog die vergilbten Vorhänge auf und öffnete das Fenster, was mir ebenfalls nur mit einiger Mühe gelang. Es ging zur Straße hinaus und der Verkehrslärm war enorm. Da würde ich mich heute Nacht zwischen frischer Luft und gedämpftem Geräuschpegel entscheiden müssen. Beides zusammen ging hier nicht. Immerhin sah das Bettzeug einigermaßen sauber aus und Dusche und WC schienen auch zu funktionieren. Ich legte meine Tasche auf das Bett, zog mich aus und stellte mich unter die Dusche. Langsam kamen die Lebensgeister zurück und der Kater der Vornacht, der sich so hartnäckig gehalten hatte, verabschiedete sich so ganz langsam von mir.

Die Kaufingerstraße sah auf den ersten Blick aus wie jede andere Fußgängerzone in Deutschland auch. Es reihten sich Filialen großer Ketten aneinander, zwischendurch einige Fast-Food-Restaurants und das eine oder andere Traditionskaufhaus. Aber bei genauerem Hinsehen entdeckte ich die historischen Höhepunkte schnell. Zu Beginn natürlich das Karlstor direkt beim Stachus. Schon wieder so ein Karl, dachte ich bei mir. Wie oft bin ich in den vergangenen drei Tagen eigentlich über die Karlsbrücke gegangen? Und dann war da ja noch mein Erwachen auf dem Karlsplatz in der letzten Nacht. Mir schauderte es bei der Erinnerung daran. Das Karlstor würde sich hoffentlich nicht so einschneidend bei mir einbrennen. Ein Stückchen weiter stand das Kaufinger Tor. Ebenfalls ein sehr imposanter Bau. Mit den Toren haben sie es in München wohl, stellte ich fest, als ich auf den Stadtplan schaute, den ich immerhin in meinem Hotel bekommen hatte. Dort entdeckte ich auch noch ein Sendlinger- und ein Isartor. Das hat Hamburg nicht zu bieten, schimpft sich aber ja als Ganzes „Tor zur Welt". Das muss dann wohl reichen. Bei meinem Spaziergang bestaunte ich weiter die Bürgersaal-, St. Michael- und Frauenkirche. Hier gefiel mir vor allem der Teufelstritt auf dem Boden der Eingangshalle. Ein menschlicher Fußabdruck mit Sporn an der Ferse, der angeblich von Luzifer persönlich stammen sollte. Die Katholiken, dachte ich kopfschüttelnd. Wenn es um Mythen und Gleichnisse ging, hielten sie auch heutzutage nicht hinterm Berg. Und der

Prunk, mit dem sie hier in Süddeutschland ihre Kirchen ausstatten ließen, brauchte keinen Vergleich mit dem in Rom zu scheuen. Der Protestantismus Norddeutschlands erschien mir mit einem Male sehr langweilig und rational. Hier bei den Katholiken wurde wenigstens richtig geprotzt und nicht gegeizt. Da wurde auch gar nicht erst versucht, den Eindruck von Bescheidenheit zu erwecken.

Ich erreichte den Marienplatz mit dem neuen Rathaus und musste direkt an die Meisterfeiern des FC Bayern auf dem dortigen Balkon denken. Diese Bilder hatte ich ja unzählige Male im Fernsehen gesehen. Wann in Hamburg wohl mal ein Titelgewinn auf dem Rathausmarkt gefeiert werden würde? Die Clubs der Hansestadt taten ja derzeit ihr Bestes, dass das in absehbarer Zukunft nicht eintreten würde. Das überließen sie ganz vornehm hanseatisch der Konkurrenz aus dem Süden. Vielleicht feiern die Bayern auch einfach ausgelassener. Wie könnte man sich sonst das Phänomen Oktoberfest erklären? Jedenfalls wirkte der Balkon in natura recht klein, so dass ich mich fragte, wie die ganze Mannschaft da überhaupt immer drauf passte. Aber das neugotische Bauwerk insgesamt machte einen imposanten Eindruck auf mich. Auch das brauchte sich hinter der Hamburger Architektur nicht zu verstecken. Ich fragte mich, warum so viele Norddeutsche eine solche Aversion gegen München hegen. Aber das beruhte wahrscheinlich auf Gegenseitigkeit. Ich versuchte lieber die Gemeinsamkeiten anstatt der kulturellen Unterschiede zu erkennen. Die Fußgängerzone und das Rathaus wiesen schon einmal große Parallelen auf. Wahrscheinlich lag es wirklich an der Glaubensgeschichte mit ihrer Reformation. Im Norden die Protestanten, im Süden die Katholiken. Das war räumlich klar abgesteckt und bedurfte wohl auch nicht allzu vieler Verwässerungen.

Bei so vielen Gedanken an Hamburg kam mir nun auch Maria wieder in den Sinn. Während der Zugfahrt tauchte sie immer wieder in meinen kurzen Träumen auf und jedes Mal erwachte ich ein Stückchen trauriger, als ich feststellen musste, dass es eben nur ein Traum war. Bei einem Kiosk auf dem Marienplatz kaufte ich mir eine Telefonkarte und machte mich auf zur nächsten Telefonzelle, um sie anzurufen. Vielleicht hatte ich ja diesmal mehr Glück als gestern Abend.

„Hallo, hier ist Maria", meldete sie sich diesmal direkt persönlich. Mein Herz schlug gleich doppelt so schnell. Ich hatte sie vermisst. Oh ja, da reichte jetzt nur ihre Stimme aus, um mir das vor Augen zu führen.

„Du schläfst also nicht mehr? Schön, dass ich dich erreiche. Gestern hatte es leider nicht mehr geklappt."

„Oh, du bist das. Wie schön. Judith hatte mir heute Morgen bereits berichtet, dass du versucht hattest, mich zu erreichen. Aber ich war so erschöpft von Prag und der Rückreise, dass ich gestern so früh wie selten zu Bett gegangen bin. Und unsere Nacht in Prag steckte mir sicherlich auch noch in den Knochen. Was macht dein Bein?"

„Es verheilt und macht mir kaum noch Probleme. Bei der ersten Hilfe, die ich bekommen habe, ist das ja auch kein Wunder."

„Und von wo aus rufst du mich gerade an? Bist du noch in Prag?"

„Nein, ich bin heute früh mit dem Eurocity nach München gefahren. Heute Abend spielen Die Geister ein Open-Air-Konzert hier im Olympiapark. Kennst du die?"

„Na klar. Ich habe ein paar Platten von denen im Regal. Sind die nicht gestern erst hier in Hamburg aufgetreten?"

„Genau. Aber das hätte ich ja nicht geschafft. Also bin ich nach München, um sie mir hier anzuschauen."

„Bist du so ein großer Fan?"

„Nicht wirklich. Ich kenne allerdings den Schlagzeuger ganz gut und der hat mich eingeladen. Und so eine Einladung schlägt man doch nicht aus. Außerdem sind ihre Konzerte wirklich immer sehr unterhaltsam."

„Du kennst deren Trommler? Mensch, du bist ja scheinbar ein ganz wichtiger Typ." Sie lachte und ich schmolz in meiner Telefonzelle nicht nur wegen der schwülen Luft dahin.

„Zufall. Das macht mich nicht wichtig", gab ich mich ganz bescheiden. „Und was machst du so? Bereitest du dich auf dein Treffen mit Tillmann vor?" Kaum hatte ich ihr die Frage gestellt, bereute ich es auch schon. Warum musste ich denn gleich wieder von ihrem Freund anfangen? Wenn sie darüber reden wollte, hätte sie das schon von selbst angesprochen.

„Bislang noch nicht. Ich bereite mich stattdessen ein wenig auf mein Studium vor. Das nächste Semester kommt bald und ich muss noch viel Stoff lesen. Tillmann kommt ja erst in zwei Tagen zurück, bis dahin habe ich noch Zeit. Und was soll ich schon groß machen? Ich warte ab, wie unser Wiedersehen verlaufen wird, und sehe dann weiter. Dass ich dich kennengelernt habe, wird mir die Sache sicher nicht einfacher machen. Seit ich dich in deiner kleinen Kajüte verabschiedet habe, muss ich schon oft an dich denken. Das ist mir lange nicht passiert."

Mein Herz hüpfte vor Freude. Genau das wollte ich jetzt hören. Auch ich war ihr also nicht egal und nur ein kleiner Urlaubsflirt gewesen. Wenn doch nur ihr blöder Freund nicht wäre! Aber wer weiß, wie lange das noch so sein würde, machte ich mir Mut.

„Mir geht es ganz genauso. Ich habe gestern und heute sehr oft an dich gedacht. Der gestrige Abend in Prag war dann auch nicht annähernd so schön wie die beiden zuvor mit dir. Da sind mir nur komische Sachen passiert. Aber das erzähle ich dir lieber mal in Ruhe, wenn ich zurück in Hamburg bin."

„Wann wird das denn sein? Ich würde dich gerne wiedersehen. Nicht zuletzt, um mir wegen Tillmann klar zu werden."

„Ich weiß noch nicht so genau. Heute Abend erstmal München und dann habe ich mir überlegt, morgen vielleicht in die Berge zu fahren. Einige Tage an einem schönen See entspannen. Das könnte mir guttun."

„Mit meinen Eltern war ich mal am Tegernsee. Das hat mir sehr gut gefallen. Obwohl dort sehr viele alte Leute wohnen und Urlaub machen. Die Landschaft dort ist aber zauberhaft. Du kannst mich ja auf dem Laufenden halten, wo in der Weltgeschichte du dich herumtreibst und wann du gedenkst, mal wieder nach Hause zu kommen."

„Das mache ich ganz bestimmt. Ich melde mich morgen wieder bei dir. Wo auch immer es mich hingetrieben haben wird."

„Mach das. Und für heute Abend wünsche ich dir viel Spaß beim Konzert. Lass es ordentlich krachen."

Der Schweinsbraten duftete köstlich, als mir die dralle Kellnerin den Teller an meinen Tisch brachte. Die Knödel sahen saftig aus und das Weißbier prickelte herrlich kühl. Die Bavaria Wirtsstube neben dem Rathaus schien der perfekte Ort für diesen späten Nachmittag in München. Ich hatte an einer der langen Garnituren vor dem Lokal Platz genommen und mich um mein leibliches Wohl gekümmert. Nun standen alle Bestandteile für eine solide Wiederherstellung meiner alten Kräfte vor mir und ich war mir sicher, das Richtige getan zu haben. Bevor ich zum Olympiapark fahren wollte, stand ein Essen auf dem Programm. Und das sollte so bayerisch und ursprünglich wie möglich ausfallen.

Heute Abend sollte ich es also krachen lassen, hatte mir Maria bei unserem Telefonat mit auf den Weg gegeben. Was auch immer sie damit meinte. In Sachen Exzess hatte ich an den drei Tagen und Nächten in Prag ja schon ganz gut vorgelegt. Langsam müsste es wohl mal wieder an der Zeit sein, mit dem Alkohol ein wenig kürzer zu treten. Vielleicht ja ab morgen am Tegernsee. Heute beim Konzert von Die Geister ganz bestimmt nicht. Und erst recht nicht auf der anschließenden Party. Da ging es in der Regel immer hoch her. Daran wollte ich teilhaben, so sah mein Plan aus. Aber wie würde es für mich und Maria weitergehen? Sie hatte mir ja deutlich zu verstehen gegeben, dass auch ihr etwas an mir lag. Da musste ich also am Ball bleiben. Zur Stelle sein, wenn sie ihrem Freund den Laufpass geben sollte. Aber würde das wirklich passieren? Die erste große, jahrelange Liebe in den Wind schießen wegen einer Urlaubsbekanntschaft? Oder würde sie ihre Entscheidung ganz unabhängig von mir und unserem kleinen Techtelmechtel treffen?

Nach dem Essen machte ich mich mit der U-Bahn auf den Weg zum Olympiazentrum, wo heute Abend das Konzert stattfinden sollte. Nicht gerade ein besonders stimmungsvoller Platz für Rock'n'Roll und seine Exzesse, aber gut, das konnte ich mir ja nicht aussuchen. Die Arena, in der die Band gestern Abend in Hamburg gespielt hatte, war auch nicht viel einladender. Diese Locations sind halt für Großveranstaltungen angelegt, da spielt der Spirit keine Rolle. Hier ging es ausschließlich um das Event. Und das würde sicher trotz der Örtlichkeit ein großer Spaß werden.

Bereits in der Bahn traf ich auf zahlreiche Fans, die sich ebenfalls auf den Weg gemacht hatten. Sie trugen T-Shirts der Band aus allen Epochen ihrer inzwischen recht langen Karriere. Das war eine stattliche Auswahl an Motiven. Immerhin waren Die Geister, von kleinen Unterbrechungen abgesehen, bereits seit über fünfzehn Jahren aktiv. Und in dieser Zeit konnten sie gut ein Dutzend Chart-Hits verbuchen, darunter drei Nummer-Eins-Erfolge. Daher verwunderte es auch nicht, dass ihre Anhängerschaft im Laufe der Jahre immer mehr anwuchs und so aus der einstmaligen Fun-Punk-Kapelle eine der größten deutschen Rockbands wurde. Ein paar geschickt eingefädelte, mehr oder weniger große Skandale um die drei Musiker taten für die Popularität ihr Übriges dazu. Die Bravo sprang jedes Mal dankend auf den Zug auf und schuf somit neue Idole für ihre Leserschaft. Die alten Helden hatten Mitte der achtziger Jahre ausgedient, die Neue Deutsche Welle sich langsam, aber sicher selbst zu Grabe getragen, da war die Musikindustrie und –presse in Deutschland froh über jede neue Gelegenheit, die sich ihnen bot, auch aus dem eigenen Land erfolgreiche Stars zu erschaffen. Und Die Geister kamen da mit ihren teils naiven, fast schon kindlichen, zumindest aber oftmals pubertären Texten genau richtig. Die eingängigen Melodien ihrer Lieder wurden bald schon auf jeder Schulparty mitgesungen. Auch ich war mit ihrer Musik popkulturell sozialisiert worden und verband damit unzählige Erinnerungen an schöne, tragische und banale Momente meiner Adoleszenz. Umso mehr freute ich mich darüber, dass ich inzwischen mit einem aus der Band persönlich bekannt war und so zu deren Konzerten eingeladen wurde.

Schon auf dem Weg vom U-Bahnhof zum Olympiapark herrschte eine ausgelassene Stimmung. Überall sangen kleine Grüppchen Lieder von Die Geister und der mitgebrachte Alkohol schien gut zu fließen. Auch ich kaufte mir bei einem Straßenhändler eine Flasche Augustiner Bräu und schaute mir das Angebot der fliegenden Händler an, die ihre gefälschten Fanartikel zu Hauf anboten. Bootlegger. Der gesellschaftliche Bodensatz für einen Künstler. Ein Parasit, der sich am Erfolg anderer bereichert, ohne diese daran teilhaben zu lassen. Ich konnte Boris verstehen, wenn er mir in der Vergangenheit darüber sein Leid klagte. Die Einbußen beim Verkauf des eigenen, offiziellen Merchandise waren dadurch beachtlich, zumal die qualitativ minderwertigen Textilien der Bootlegger deutlich billiger verkauft wurden. Wahre Fans würden so etwas allerdings niemals unterstützen, hatte mir Boris erzählt. Und hier vor dem Konzert konnte ich beobachten, dass er in vielen Fällen Recht hatte. Mehrmals sah ich, wie die Verkäufer von vorbeiziehenden Fans beschimpft und beleidigt wurden. Dennoch schien sich der Handel zu lohnen. An immer mehr Anhängern konnte ich nach und nach die Plagiate ausmachen, die sich nach dem Erwerb umgehend übergestreift wurden.

„So ein Teil würde ich mir nie kaufen", wurde ich plötzlich von der Seite angesprochen. Neben mir stand eine Frau von ungefähr dreißig Jahren und schaute kopfschüttelnd auf die angebotenen T-Shirts. Sie hatte kurze, braune Haare und war einen guten Kopf kleiner als ich.

In ihrer Nase steckte ein kleiner Piercing-Ring und zu ihren zerrissenen Jeans trug sie ein T-Shirt von Die Geister. Natürlich ein ganz offizielles von der letzten Tour.

„Ich wohl auch nicht", erwiderte ich. „Aber ich bin generell nicht so der große Freund von Band-Shirts. Die helfen vielleicht einem Pubertierenden bei seiner Identitätssuche, aber spätestens mit der Volljährigkeit sollte man so etwas nicht mehr tragen."

Was redete ich da eigentlich? Mir fielen die unzähligen T-Shirts zu Hause in meinem Schrank ein, die Motive von Musikern und Gruppen zierten. Ramones, Sex Pistols, The Clash, UK Subs, Angry Samoans, Circle Jerks, Dead Kennedys, Bad Religion, No FX, all die Punkrock-Bands, die mich erfolgreich durch meine Jugendjahre und darüber hinaus begleitet hatten. Und auch wenn ich gerade ein einfarbiges Oberteil trug, so gehörte dieses Merchandise doch zum festen Bestandteil meiner Garderobe.

„Das verstehe ich nicht. Wenn ich Fan einer Band bin, kann ich mir doch ein Shirt von denen anziehen. Egal, wie alt ich bin. Das hat damit doch gar nichts zu tun. Ich zum Beispiel schaue mir Die Geister auf allen ihrer Tourneen an und kaufe mir jedes Mal auch ein aktuelles Tour-Shirt. Das sind doch auch schöne Erinnerungen." Die Frau neben mir echauffierte sich ein wenig. „Allerdings finde ich diese illegalen Bootleggs scheiße. Deshalb würde ich mir diese nicht kaufen. Gegen offizielles Merchandising habe ich überhaupt nichts einzuwenden."

„Ich doch auch nicht. Das sollte nur ein Spaß sein", lenkte ich ein. „Willst du einen Schluck Bier?" Ich hielt ihr meine Flasche Augustiner entgegen.

„Gerne. Aber genauso gerne auch ein frisches." Jetzt lächelte sich mich an. „Woher hast du denn das?"

„Da vorne werden die genauso ohne Lizenz verkauft wie die Fanartikel hier." Ich zeigte zurück in Richtung U-Bahnhof. „Komm wir holen uns mal zwei."

„Ich heiße Regina und komme hier aus München. Das ist inzwischen mein neuntes Konzert von Die Geister, das ich besuche. Damit bin ich wohl ein echter Fan oder so etwas. Woher stammst du?"

„Aus Hamburg. Ich mache gerade Urlaub. Bis heute Morgen war ich noch in Prag."

„Du kommst als Hamburger extra für ein Konzert nach München? Also bist du auch ein großer Fan, oder? Wie viele Konzerte hast du denn schon von Die Geister gesehen?"

„Ich weiß nicht. Zehn, zwölf vielleicht. Ich erinnere mich nicht mehr genau."

„Du erinnerst dich nicht genau? Ich habe noch jedes einzelne genau vor Augen. Von den meisten kann ich dir sogar noch die Setlist aufsagen."

„Nicht schlecht", gab ich mich erstaunt und tat so, als würde mich das in irgendeiner Form beeindrucken. „Das würde ich nicht ansatzweise hinkriegen. Aber ich bin wohl auch nicht so ein beinharter Fan wie du."

„Und warum hast du dann schon so viele ihrer Konzerte besucht?"

„Weil ich den Schlagzeuger kenne und freundlicherweise von ihm ab und an eingeladen werde."

„Du kennst Boris?" Jetzt wurde Regina scheinbar ganz aufgeregt. „Das ist mein Liebling aus der Band."

„Ach, du kennst ihn auch? Ich meine nur, von wegen Liebling aus der Band."

„Nein, natürlich nicht persönlich. Woher denn auch?"

„Naja, vielleicht über Freunde oder aus einer Bar oder wo man Leute halt sonst so trifft oder vorgestellt bekommt. Ich habe Boris über meinen Mitbewohner kennengelernt. Mit dessen Schwester war Boris eine Zeit lang zusammen."

„Boris hatte in den letzten Jahren eine Freundin? Davon habe ich ja gar nichts gelesen."

„Warum denn auch? Damit geht man als Künstler doch nicht hausieren. Wen interessiert das denn schon?"

„Als Fan möchte ich doch so etwas wissen", brüskierte sich Regina jetzt. „Ich meine, wenn der solo ist, sehe ich den doch mit ganz anderen Augen, als wenn er fest liiert ist."

„Und ich dachte, es ginge um die Musik. Da habe ich wohl wieder etwas gelernt." Ich konnte die Ironie in meinen Worten nicht ganz verbergen.

„Du bist auch ein Mann, da verstehst du das nicht. Außer vielleicht bei Britney Spears."

„Oh je, hör mir bloß mit der auf. Die könntest du mir nackt auf den Bauch binden."

„Aber man sagt doch, dumm fickt gut", grinste mich Regina an.

„Die Erfahrung habe ich bislang noch nicht gemacht. Aber vielleicht sind die Frauen, mit denen ich bislang im Bett gelandet war, einfach nicht dumm genug gewesen."

„Jetzt wird es aber ein bisschen zu sexistisch." Sie stieß mich leicht mit dem Ellenbogen in die Seite. „Hast du Lust, mit mir hineinzugehen und das Konzert zu schauen?"

„Gerne. Ich bin eh alleine hier und so macht ein Konzert ja nur halb so viel Spaß. Allerdings muss ich mir noch meine Karte holen. Weißt du, wo der Gästelisteneingang ist?"

„Du stehst auf der Gästeliste? Ich bin beeindruckt. Als ich das letzte Mal bei einem Konzert hier im Olympiapark auf der Gästeliste stand, gab es die beim Presseeingang an der Nordseite. Das war übrigens bei Peter Maffay. Eine Arbeitskollegin hatte das organisiert. Die kannte einen Techniker aus der Crew."

Einen Kommentar zu Peter Maffay verkniff ich mir und folgte stattdessen einfach Regina, die sich hier auf dem Gelände scheinbar wesentlich besser auskannte als ich, wie sich schnell herausstellte. Denn den Gästeeingang hatten wir bald erreicht und ich holte mir mein Ticket ab. Zusätzlich bekam ich noch einen Pass für den VIP-Bereich und ein Armbändchen für die anschließende Party im ehemaligen Schlachthof. So ausgestattet, kam ich zurück zu Regina, die mit unseren zwei Bierflaschen ein paar Meter abseits gewartet hatte. Sie zeigte auf den Pass und das Bändchen.

„Da kann ich dich dann aber nicht überall hin begleiten. Ich habe ja nur ein ganz ordinäres Besucherticket."

„Ich muss auch nicht in den VIP-Bereich, nur mal kurz nach der Show, um Boris zu begrüßen. Das Konzert muss ich mir aber von dort aus nicht anschauen. Da sind eh nur Wichtigtuer und Snobs."

„Wenn du meinst. Ich würde mich freuen. Früher bin ich ja schon Stunden vorher zu einem Konzert gegangen, um mir einen Platz ganz vorne zu sichern. Das würde ich heute aber nicht mehr machen. Beim letzten Mal habe ich sogar auf der Tribüne gesessen."

„Das müssen wir diesmal ja nicht. Aber ein schönes Plätzchen werden wir schon finden."

Als Regina und ich uns endlich durch die Ticketkontrollen und Sicherheitschecks gekämpft hatten, fing gerade die Vorband an zu spielen. Ein Frankfurter Hip-Hop-Trio, das sich immer größerer Popularität erfreute und sicher bald als Hauptact die großen Bühnen der Republik bespielen würde. Trotzdem gingen wir erst einmal zu den Ständen im hinteren Bereich des Areals. Regina kaufte sich ihr obligatorisches Tournee-Shirt und ich zwei Becher Bier. Während wir diese austranken, verfolgten wir den Auftritt der Vorband aus der Entfernung und stellten fest, dass wir beide nicht viel damit anfangen konnten. Vielleicht waren wir einfach schon zu alt für diese Musik. Außerdem fiel mir wieder auf, dass mir die Atmosphäre auf so einem groß angelegten Open-Air-Konzert nicht sonderlich zusagte. Die Bühne war zwar riesig, aber dadurch wirkten die drei Männchen darauf nur umso verlorener. Mir war das alles zu weitläufig und überdimensioniert. Stimmung würde auch beim Auftritt von Die Geister nur schwer bei mir aufkommen.

Die Band beendete unter dem Beifall der ersten Zuschauerreihen vor der Bühne ihr Set und der große Umbau begann. Wir nutzten die Zeit, um uns weiter nach vorne zu orientieren. Als wir uns dem Gerüst näherten, auf dem das Mischpult platziert war, erkannte ich dort meinen alten Bekannten Rick, der als Toningenieur häufiger von diversen Bands für deren Touren gebucht wurde. Er war Anfang vierzig und selber Musiker. In den vergangenen zwanzig Jahren war er in unzähligen Hamburger Bands aktiv, konnte den ein oder anderen kleineren Erfolg für sich verbuchen, musste aber einsehen, dass der große Durchbruch wohl ausbleiben würde. Seitdem arbeitete er recht erfolgreich als Produzent und Mischer an den Reglern und hatte sich einen zunehmend guten Ruf auf diesem Gebiet erarbeitet. Wir schoben uns durch die Leute bis zum Aufgang des Gerüstes, wo uns ein Ordner den Weg versperrte. Ich rief so laut ich konnte Ricks Namen und er drehte sich zu uns um und schaute erstaunt nach unten. Sofort erkannte er mich, winkte freundlich und gab dem Ordner ein Zeichen, uns beide zu ihm nach oben durchzulassen. Wir begrüßten uns herzlich und ich stellte ihm Regina vor.

„Wollt ihr euch das Konzert von hier aus anschauen? Einen besseren Blick auf die Bühne habt ihr nirgendwo anders. Und der Sound ist hier natürlich eh perfekt. Dank mir." Er grinste.

„Von mir aus gerne. Was meinst du, Regina?"

„Au ja, das ist ja total aufregend hier oben beim Mischpult. Von hier habe ich noch nie zugeschaut."

„Ok, dann bleibt hier. Ihr dürft mich nur nicht allzu oft ablenken oder im Weg rumstehen. Aber ihr seid ja schon groß und wisst euch sicher zu benehmen", ermahnte uns Rick.

„Na klar", beruhigte ich ihn. „Und weil wir uns so gut zu benehmen wissen, gehe ich gleich noch mal los und hole uns ein paar Bier. Dafür, dass du uns hier oben bleiben lässt, gebe ich dir gerne einen aus."

„Kein Bier bei der Arbeit", bremste mich Rick. „Ihr könnt hier gerne was trinken, ich bleibe aber bei meinem Wasser. Und wehe euch, es fällt ein Becher um und ihr kippt Bier ins Mischpult."

Ricks mahnende Worte beherzigend, kletterte ich das Gerüst hinunter, um zumindest für Regina und mich noch mehr Bier für den Auftritt zu kaufen.

Als ich zurückkam, bereitete Rick gerade das Intro vor, das stets gespielt wurde, wenn die Band die Bühne betreten sollte. Es würde also gleich losgehen.

„Ich bin ganz aufgeregt", rief mir Regina gegen die Lautstärke der Pausenmusik ins Ohr. „Danke, dass du mich mit hier hoch genommen hast." Sie küsste mich flüchtig aufs Ohrläppchen. Die ist ein echter Fan, dachte ich mir. Wenn ich sie später noch mit zur After-Show-Party nehmen würde, fräße sie mir wahrscheinlich für den Rest der Nacht aus der Hand.

Die Geister hatten heute einen guten Tag erwischt. Sie sprühten vor Spielfreude und rissen ihr Publikum schon nach wenigen Takten mit. Regina hüpfte das ganze Konzert über wie ein aufgeregter Teenager neben mir herum und sang jedes Lied lauthals und textsicher mit. Zwischendurch ergriff sie immer wieder meine Hand und strahlte mich an. Das entging auch Rick nicht und er zwinkerte mir jedes Mal auffordernd zu, wenn sich unsere Blicke trafen. Ansonsten ging er voll und ganz in seiner Arbeit auf und drehte hochkonzentriert an den Reglern seines Mischpultes. Nach vier Zugaben und fast drei Stunden Spielzeit beendeten Die Geister ihren Auftritt und entließen ihre glücklichen Fans zufrieden und erschöpft in die Nacht.

„Ich muss hier jetzt noch abbauen und alles zusammenpacken", erklärte uns Rick. „Danach fahre ich dann mit der Crew zur After-Show-Party im Schlachthof. Kommt ihr auch?"

„After-Show-Party?", fragte Regina aufgeregt. „Bist du da auch eingeladen? Und nimmst du mich mit? Das wäre das Größte für mich."

„Eingeladen bin ich. Ich habe hier auch schon so ein Bändchen bekommen. Das gilt aber nur für eine Person. Am besten gehe ich mal rüber in den VIP-Bereich und versuche Boris abzufangen, um ihm noch eines für dich herauszuleiern."

„Das würdest du machen? Wäre das toll! Ich warte am besten hier bei Rick auf dich."

Der VIP-Bereich befand sich rechts von der Bühne und als ich diesen betrat, tummelten sich dort bereits zahlreiche Gestalten der Musikszene. Journalisten, A&Rs diverser Plattenfirmen, Promoter, treue Fans und Freunde der Band. Boris konnte ich noch nicht ausmachen, also suchte ich die Bar auf und ließ mir ein Bier geben. Hoffentlich würde das mit dem Bändchen für Regina klappen. Dann wäre ich wohl ihr Held des Abends. Aber dazu müsste sich Boris hier nur mal blicken lassen. Ich trank einen großen Schluck und schaute mich weiter um.

„Du hast es echt wahrgemacht und bist hier hergekommen", raunzte mich eine heisere Stimme von hinten an. Es war Boris, der sich hinter mich gestellt hatte und auf ein Bier wartete.

„Na klar, habe ich doch gesagt." Ich freute mich, meinen Freund, den Rockstar, zu sehen. „Das war ein großartiger Auftritt heute. Gratuliere!"

„Danke, wir sind auch zufrieden. Sei froh, dass du heute und nicht gestern in Hamburg dabei warst. Die Akustik in der Arena war unterirdisch. Da konnte auch Rick nichts mehr retten."

„Wir haben uns die Show bei Rick oben am Mischpult angeschaut. Der macht echt einen guten Job, soweit ich das beurteilen kann."

„Das macht er. Aber wieso wir? Ich dachte, du würdest alleine reisen."

„Das mache ich auch. Aber ich habe vor dem Konzert eine Frau kennengelernt, die war bei mir. Und jetzt wollte ich dich fragen, ob du vielleicht noch so ein Bändchen für die After-

Show-Party hast, damit sie mich auch dorthin begleiten kann."

„Oha, du hast eine Frau kennengelernt? Da bin ich aber gespannt. Wenn die hübsch ist, darfst du sie gerne mitbringen." Er grinste verschmitzt und zog ein Bändchen aus der Hosentasche, um es mir zu geben.

„Und ich gehe mich jetzt mal ein bisschen für die Party frisch machen. Ich brauche dringend eine Dusche, bin komplett durchgeschwitzt."

„Man riecht es", zog ich Boris auf. „Und vielen Dank! Wir sehen uns dann später im Schlachthof."

Boris drehte sich um und bahnte sich seinen Weg durch die Leute in Richtung Garderobe. Von überall erntete er Schulterklopfen und musste im Vorbeigehen zahlreiche Hände schütteln. Das Leben eines Rockstars, dachte ich. Nicht schlecht.

Ich verließ den VIP-Bereich und ging zurück zum Mischpult, wo Rick und Regina auf mich warteten.

„Es hat geklappt", rief ich Regina zu und wedelte mit dem Bändchen in der Luft.

„Du bist der Größte!" Regina strahlte über das ganze Gesicht. Sie schien wirklich glücklich zu sein.

„Ich habe mit Holger gesprochen", mischte sich Rick nun ein. „Das ist der Busfahrer für die Crew. Er nimmt euch beide mit zum Schlachthof. Allerdings geht es schon in ein paar Minuten hinten am Backstage-Eingang los. Seid ihr soweit fertig?"

Und ob wir das waren. Auf zur Party! Es konnte losgehen. Ich fühlte mich voller Tatendrang und bereit fürs Nachtleben.

Während der Fahrt durch das abendliche München rauschte die Stadt an uns vorbei. Unser Fahrer Holger schien es eilig zu haben und nichts von der Party verpassen zu wollen. Außer Regina, Rick, Holger und mir saßen noch fünf weitere Crew-Mitglieder im Van, die sich alle nacheinander bei uns vorgestellt hatten und uns erklärten, was ihr Verantwortungsbereich auf der Tournee war. Rechts von mir saß Regina, zu meiner Linken Olaf. Er war mit einem Kollegen zusammen für die Verköstigung der Band zuständig. Mit diesem Catering für tourende Bands hatten sie sich vor zwei Jahren selbstständig gemacht und reisten seitdem fast pausenlos mit ihrem Kochgeschirr durchs Land und sorgten dafür, dass die Herren Musiker vor und nach ihren Konzerten stets gut verpflegt waren. Mir gegenüber hatte Jochen Platz genommen, er war für die Gitarren verantwortlich. Saiten beziehen, reinigen, stimmen, einspielen, ich wusste bis dato gar nicht, dass es dafür eines eigenen Roadies bedarf. Jochen hatte, kurz nachdem wir losgefahren waren, einen großen Joint angezündet, der nun munter im Van die Runde machte.

„Guckt mal, wir fahren gerade über den Stachus. Der Platz galt mal als der verkehrsreichste in Westdeutschland", klärte uns Holger auf. „Mag man sich an so einem Abend wie heute gar nicht vorstellen. Das wirkt doch ganz beschaulich hier."

„Aber so wirkt doch die ganze Stadt. Trotz ihrer Größe finde ich München immer ein wenig provinziell", warf Jochen ein. „Ich meine, alleine die Sperrstunde ist doch einer Weltstadt nicht würdig. Das sollten die mal in Hamburg versuchen einzuführen. Da würde aber nicht nur der gesamte Kiez zum Bürgerkrieg aufrufen."

Alle lachten, nur Regina versuchte ihre Heimatstadt zu verteidigen.

„So schlimm ist das hier gar nicht. Es gibt verdammt viele Clubs und Discos, die sich nicht an die Sperrstunde halten müssen. Und da wird auch bis in den Morgen gefeiert. Das könnt nicht nur ihr in Hamburg." Sie griff nach dem Joint und nahm einen tiefen Zug, konnte aber ein Husten nicht unterdrücken.

„Keine Erfahrung mit Dope?", fragte Jochen provozierend in ihre Richtung. „Bei der bescheuerten Drogenpolitik hier auch kein Wunder. Wir würden wahrscheinlich alle in den Knast wandern, wenn man uns mit der Tüte hier erwischen würde."

„Du übertreibst. Glaubst du ernsthaft, hier wird nicht auch gekifft? Man sollte sich nur nicht gleich erwischen lassen. Aber wenn man etwas zu rauchen haben will, bekommt man es auch." Regina war es scheinbar sehr ernst, ihre Stadt vor uns Hamburgern in einem guten Licht dastehen zu lassen.

„Dann ist ja gut. Ich dachte schon, wir würden Probleme kriegen, wenn unser Vorrat heute Nacht einmal ausgehen sollte." Jetzt schnappte sich Olaf den Joint. „Den ganzen Nachmittag und Abend nur am Herd zu stehen, kann einen auch ganz schön schaffen. Da ist so eine Tüte zum Feierabend genau das Richtige. Die einen kiffen, um danach Lust aufs Kochen und Essen zu bekommen, bei mir ist es umgekehrt."

Wieder lachte der ganze Bus und diesmal stieg auch Regina mit ein. Dann griff sie meine Hand und lächelte mich an. Ich schaute ihr in die Augen und lächelte zurück, musste aber unweigerlich an Maria denken. Was sie wohl gerade machte? Dachte sie auch an mich? Oder war sie mit ihren Gedanken nur bei ihrem Freund, der in nicht einmal zwei Tagen wieder bei ihr in Hamburg sein würde? Vielleicht sollte ich sie gleich noch einmal anrufen? Nein, das hatte ich ja heute schon gemacht und ich wollte nicht aufdringlich wirken. Außerdem war es bereits kurz nach elf und daher ein bisschen spät für ein Telefonat.

„Hier, nimm du auch noch mal einen Zug. Wir sind gleich da", riss mich Olaf aus meinen Gedanken und reichte mir den Joint. Der Bus bog rechts ab und fuhr auf einen kleinen Parkplatz.

„Alle aussteigen, das hier ist der ehemalige Schlachthof", rief Holger in die Runde. „Um zwei Uhr fahre ich von hier aus los zum Hotel. Wer dann nicht da ist, muss gucken, wie er selber dorthin kommt. Die Adresse habt ihr ja alle im Tourplan stehen. Ich glaube, allzu weit draußen liegt das nicht, so dass ihr euch sicher auch ein Taxi leisten könnt."

„Übernachtest du auch in dem Hotel?", wollte Regina nun von mir wissen.

„Nein, ich habe mir ein Zimmer in so einer Drecksbude beim Hauptbahnhof genommen.

Schön ist das nicht. Aber billig und von hier aus ja auch gut zu erreichen."

„Zu mir ist es noch näher als zum Bahnhof. Ich wohne gleich hier um die Ecke in der Klenzestraße. Falls es dir doch zu weit bis zu deinem Hotel sein sollte, habe ich bestimmt ein Plätzchen für dich frei." Sie grinste mich forsch an und drückte mir dann einen festen, feuchten Kuss auf den Mund. „Aber jetzt gehen wir uns erstmal amüsieren."

Die Party verlief, wie ich es erwartet hatte. Nach und nach trudelten die Gäste, von denen fast alle zuvor das Konzert besucht hatten, im Schlachthof ein und teilten sich in kleine Grüppchen auf. Neben dem Tresen war ein kaltes Buffet aufgebaut, an dem sich bereits eifrig bedient wurde. Die Damen an der Bar und ihre Kolleginnen, die mit gut bestückten Tabletts die Reihen der Gäste durchstreiften, hatten alle Hände voll zu tun. Ansonsten war man zuerst einmal damit beschäftigt, das Umfeld zu studieren und abzuwägen, wo die wichtigen oder berühmten Leute so standen und mit wem sie sich unterhielten. Bei dieser Veranstaltung stand nicht nur das Amüsement, sondern auch das Kontakteschließen und – pflegen im Vordergrund. Sehen und gesehen werden. Hallöchen hier, Bussi dort. So wie es immer kommt, wenn Presse, Musikindustrie, Prominente, Künstler und Claqueure aufeinandertreffen. Ich erkannte einen Schauspieler aus dem abendlichen Unterhaltungsfernsehen, Mitglieder einer aufstrebenden Münchner Rockband, eine MTV-Moderatorin, einen Fußball-

Profi, das ewige Talent des FC Bayern, und an einem kleinen Bistrotisch etwas abseits der Meute saß Ottfried Fischer, der hier im Schlachthof regelmäßig seine Kabarett-Sendung aufzeichnete. Dazwischen tummelten sich wahrscheinlich noch unzählige weitere Prominente, die ich allerdings nicht als solche identifizieren konnte. Doch untereinander erkannte man sich und sprach sich gegenseitige Hochachtung vor dem jeweiligen Berühmtheitsstatus aus. Ein Jahrmarkt der Eitelkeiten, der sehr unterhaltsam zu beobachten war. Was Maria wohl zu dieser Szenerie sagen würde? Bestimmt hätte sie einige sehr treffende Kommentare auf Lager. Ich vermisste ihre Beobachtungsgabe und Spitzzüngigkeit. Auf so einer Party würde man sich mit ihr bestimmt köstlich unterhalten.

Nach und nach setzte bei immer mehr Gästen die Wirkung des Alkohols ein und die Unterhaltungen wurden ungezwungener, die ersten trauten sich so langsam auf die Tanzfläche und die einzelnen Grüppchen vermischten sich zusehends.

Regina war eine der ersten, die sich in Bewegung setzten, um das Tanzbein zu schwingen. Alle paar Lieder kam sie zu mir, umarmte und küsste mich und raunzte mir immer wieder ins Ohr, wie toll sie es fände, dass ich sie mit zu dieser Party genommen hätte. Ab und an ließ ich mich von ihr mit auf die Tanzfläche ziehen. Länger als zwei Lieder am Stück hielt ich es aber nie aus und zog mich jedes Mal aufs Neue an den Tresen zurück. Dort traf ich immer mal wieder einen Bekannten aus der

Geister-Crew, mit dem ich ein Weizenbier trank und ein wenig plauderte. Dabei stellte ich fest, dass die Leute zunehmend unruhiger wurden, was daran lag, dass die Stars der Abends, Die Geister, immer noch nicht aufgetaucht waren. An und für sich nicht weiter verwunderlich, denn die Musiker mussten sich nach ihrer dreistündigen Show erst einmal ein wenig regenerieren und wahrscheinlich stand auch noch der ein oder andere Interview-Termin in der Garderobe an. Doch das interessierte hier auf der Party nun nicht mehr wirklich. Man war gekommen, um mit der Prominenz zu feiern und den Stars nahe zu sein. Doch das bedurfte eben ein wenig Geduld.

Derweil stand ich nun mit Rick und Olaf zusammen und wartete auf die Runde Wodka, die wir gerade bei einer der Kellnerinnen in Auftrag gegeben hatten.

„Das war doch ein gelungenes Konzert heute Abend. So kann die Tour gerne weiterlaufen", ließ Rick den Auftritt noch einmal Revue passieren. „Und eine gute Steigerung im Vergleich zum Konzert in Hamburg war es auch."

Die Kellnerin kam mit einem Tablett Wodka zu uns und wir griffen uns alle ein Glas.

„Habt ihr mir auch einen mitbestellt?" Neben mir stand plötzlich Boris und strahlte uns an. Über seine Schulter hinweg konnte ich die Blicke sehen, die auf ihm lagen. Er stand ganz klar im Mittelpunkt und zog die Aufmerksamkeit auf sich. Ich schaute weiter in die Runde des Schlachthofes und sah nun auch die beiden anderen Bandmitglieder an der Garderobe stehen. Die Stars des Abends waren also endlich gekommen und Boris hatte nichts Besseres zu tun, als in unsere kleine Runde zu kommen, um mit uns einen Wodka zu trinken. Ich fühlte mich ein wenig geschmeichelt.

Wir gaben der Kellnerin, die sich gerade von uns abwandte, Bescheid, doch bitte noch einen Wodka zu bringen. Natürlich wollten wir mit Boris diese Runde trinken und warteten, bis auch sein Drink gebracht wurde.

„Na dann prost! Auf den heutigen Abend und die weiteren Konzerte", gab Boris einen Toast zum Besten. Wir stießen die Gläser zusammen und tranken auf ex.

„Wo geht es denn für euch morgen hin?", fragte ich in die Runde.

„Morgen ist Offday. Da entspannen wir hier in München", erklärte mir Olaf den weiteren Reiseplan. „Und dann geht es nach Pirna und Dresden."

„Nach Pirna? Ist das nicht in der sächsischen Schweiz?", wollte ich wissen. „Da bin ich ja gerade erst am Samstag durchgefahren."

„Genau. Finsterster Osten", ergriff nun Boris das Wort. „Da gibt es am Donnerstag ein Antifa-Open-Air. Das musst du dir vorstellen. Dort, wo in manchen Teilen die NPD locker zweistellige Zahlen erreicht. Da stellen so ein paar Punks seit drei Jahren ein strikt antifaschistisches Festival auf die Beine. Natürlich werden die da im Vorfeld stets angefeindet und am Rande kommt es auch wohl auch immer wieder zu Auseinandersetzungen mit den ortsansässigen Faschos. Aber die lassen sich nicht unterkriegen. Seit zwei Jahren fragen die immer wieder bei uns an, ob wir da nicht auftre-

ten wollen. Da spielen in der Regel eher unbe-
kanntere Bands, ist ja auch alles für lau und
der guten Sache wegen. Auf jeden Fall hatten
wir total Bock drauf, da zu spielen. So haben
wir das in unseren Tourneeplan miteingebaut.
Freitag sind wir gleich nebenan in Dresden,
dann wieder zu einem ganz normalen Konzert."

„Vorausgesetzt, ihr kommt da heile aus
Pirna wieder raus", warf ich ein. „Das wäre für
den braunen Mob doch genau das Richtige,
eine solch bekannte Band wie euch plattge-
macht zu haben. Habt ihr keinen Schiss?"

„Nein. Nicht vor diesen kleinen Pissern."
Boris begann sich zu ereifern. „Diese ganze
rechte Scheiße regt mich tierisch auf. Was soll
das? Haben die Leute alle nichts gelernt? Wir
hatten Lichtenhagen, Mölln und Solingen.
Wann wacht der Pöbel denn mal auf? Dann
kündigt man uns als Hauptband bei diesem
Konzert an und seitdem überschütten uns die
Rechten mit Anfeindungen und Drohungen. Da
ist so viel Hass. Was alleine im Namen der SSS
bei uns ankam. Skinheads Sächsische Schweiz.
Die kriegen keinen geraden Satz auf die Reihe,
aber faseln was über Verrat an der deutschen
Nation. Ich könnte kotzen."

Wir waren alle ein wenig überrumpelt von
Boris' Emotionsausbruch, stimmten ihm aber
alle nickend zu.

„Ich war letztes Jahr mit Rockteuse, meiner
eigenen Band, in Pirna bei dem Festival",
schaltete sich nun Jochen ein. Der Gitarren-
roadie von Die Geister hatte sich inzwischen zu
uns gesellt.

„Das war schon unheimlich. Die ganze Zeit über waren die Leute dort, vor allem die Ordner, in Habachtstellung. Ständig wurde befürchtet, dass die Nazis das Festival stürmen würden. Dabei sahen die Ordner eigentlich auch aus wie Faschos, waren aber definitiv keine. Sonst hätten die da auch nicht ehrenamtlich gearbeitet. Bei den Cops, die immer wieder am Gelände Patrouille fuhren, war ich mir da aber nicht so sicher. Die entsprachen eigentlich voll und ganz dem Klischee des stumpfen Bullen, der auf dem rechten Auge blind ist. Als wir noch am späten Abend wieder zurück nach Berlin fahren wollten, haben sie uns dann auch echt rangekriegt. Wir waren mit unserem Van kaum vom Parkplatz runter, da haben sie uns auch schon angehalten und schikaniert. Nicht nur der Fahrer musste sich ausweisen, nein, alle von uns. Und dazu das ganze Programm. Führerschein, Fahrzeugpapiere, Alkoholtest, Kofferraum ausräumen. Zur Krönung haben sie dann noch einen Drogenhund an unseren Taschen und Klamotten schnüffeln lassen. Und natürlich hatte unser Sänger einen kleinen Bobel Hasch dabei. Da haben die vielleicht einen Aufstand gemacht. Wie wir es wagen könnten, illegale Drogen in ihre Region einzuführen und wohl möglich noch bei dem Konzert zu konsumieren. Die haben uns als absolute Schwerverbrecher hingestellt. Und unser Sänger musste sogar noch mit auf die Wache, wo sie dann die Anzeige aufnahmen. Also meinetwegen hätten wir auf dieser Tour einen großen Bogen um Pirna machen können. Aber Die Geister wollen es ja unbedingt so haben." Er grinste Boris an, der nur zustimmend nicken konnte.

Mir fiel das Peace ein, das ich kurz hinter Pirna im Zug nach Prag über die Grenze geschmuggelt hatte. Wie gut, dass die Grenzer das nicht gefunden hatten. Meine Reise wäre dann wohl erstmal vorbei gewesen. Beim nächsten Mal würde ich es mir genauer überlegen, wohin ich irgendwelche Drogen mitnehme. So eine Nacht in der U-Haft von Pirna wäre wirklich kein guter Start in den Urlaub gewesen. Ich hätte an dem Abend wahrscheinlich nicht Jakub kennengelernt, wäre nicht mit ihm ins Foltermuseum gegangen und hätte somit auch nicht Maria getroffen. Das Schicksal hatte es also gut mit mir gemeint. Es sind die kleinen Momente, die das Leben verändern können.

Bevor ich mir weiter ausmalen konnte, wie der Samstag wohl ausgesehen hätte, wenn ich mit dem Peace im Zug erwischt worden wäre, stand Regina plötzlich vor mir.

„Kommst du noch mal mit tanzen?", fragte sie mich. „Ich kriege ja kaum was von dir mit, wenn du hier nur am Tresen stehst."

Ich schaute Regina wohl einen Moment zu lange an und zögerte. Mit Maria hätte ich jetzt sofort die Tanzfläche gestürmt. Regina hingegen begann mir auf die Nerven zu gehen. Dabei sah sie jetzt, mit ihren vom Tanzen leicht geröteten Wangen und dem Lächeln im Gesicht wirklich hübsch aus. Beim Tanzen machte sie ebenfalls eine sehr gute Figur. Eine attraktive Frau, stellte ich erneut fest. Aber es war eben nicht Maria. Die fehlte mir gerade sehr.

„Ich habe gerade keine Lust, will noch ein wenig plaudern. Außerdem kann ich Blur langsam nicht mehr hören. Das ist ja bestimmt schon das vierte Lied, das der DJ von denen spielt."

„Ist das deine neue Münchner Bekanntschaft?", mischt sich nun Boris ein. „Du kannst uns ja auch mal vorstellen."

„Ja, das ist Regina. Regina, das ist Boris. Aber das weißt du ja."

„Hallo Boris. Ich freue mich sehr, dich mal persönlich kennenzulernen. Seit Jahren bin ich ein großer Fan von Die Geister. Bei jeder Tour bin ich dabei und habe alle eure Platten im Regal stehen."

Jetzt begann die große Einschleimphase. Das kannte ich bereits von anderen Leuten, die ich in der Vergangenheit mit Boris bekannt gemacht hatte. Einen Promi zu treffen, war für die meisten von ihnen etwas sehr Besonderes und sie benahmen sich schnell lächerlich und oftmals würdelos. Boris schien das aber gerade nicht viel auszumachen. Er konterte charmant: „Ich freue mich genauso, dich kennenzulernen. Auch wenn ich keine Platten von dir im Regal stehen habe." Regina lächelte verlegen und errötete noch ein wenig mehr. „Trinkst du einen Wodka mit uns, Regina? Ich wollte gerade die nächste Runde bestellen."

„Na gut, auch wenn ich wohl langsam genug habe. Es ist ja auch schon spät und ich muss morgen früh arbeiten."

„Einer wird schon noch gehen", wischte Boris ihre Bedenken beiseite und kümmerte sich um die Getränke.

„Nun habe ich alle Bandmitglieder kennengelernt", flüsterte mir Regina derweil zu. „Vorhin
am Buffet habe ich mich schon mit den anderen beiden unterhalten. Das ist ja so aufregend. Ohne dich wäre mir das nicht passiert."
Sie drückte meine Hand.

„Und wenn ich jetzt noch lange weiter Alko-
hol trinke, weiß ich nicht, was mit mir passiert.
Ich könnte alle meine Hemmungen verlieren."
Sie ließ meine Hand los und strich mir über den
Oberschenkel, was mich ein wenig erregte.

„Dann wird es ja Zeit, dass die nächste
Runde gebracht wird", erwiderte ich und wir
beide lachten.

„Was machst du eigentlich beruflich?", versuchte ich nun das Thema zu wechseln, um
keine Verlegenheit aufkommen zu lassen.

„Ich arbeite bei der Allianz-Versicherung als
Sachbearbeiterin im Bereich Unfallschaden."

Ob ich sie daraufhin etwas entgeistert angeschaut hatte, kann ich nicht sagen. Auf jeden Fall fing sie umgehend an, sich dafür zu
rechtfertigen.

„Das klingt nicht besonders spannend, ich
weiß. Aber es ist gar nicht so schlecht. Die Kollegen sind nett und das Gehalt ist auch in Ordnung. Man muss ja gucken, wo man bleibt."

„Das stimmt wohl. Deshalb fange ich in ein
paar Wochen auch noch mal ein Studium an.
Germanistik. Man muss ja gucken, wo man
bleibt." Wieder lachten wir beide, wenn auch
etwas unbeholfen und verkrampft.

„So, ihr Turteltäubchen", schob sich Boris
zwischen uns. „Jetzt wird erstmal getrunken.
Ich habe mir erlaubt, gleich mal eine Runde

doppelten Wodka zu bestellen. Es soll sich ja auch lohnen." Er hielt ein volles Tablett in der Hand und gab jedem aus unserer Runde ein Glas. Wir stießen an und tranken erneut auf ex.

Mir lief der Wodka diesmal nicht gut runter, so dass ich leicht würgen musste. Aber zum Glück reichte mir Olaf in diesem Moment ein frisches Bier, mit dem ich die aufkommende Übelkeit herunterspülen konnte. Aus den Augenwinkeln sah ich, dass auch Regina sich schütteln musste und das Gesicht verzog. Sie beugte sich erneut zu mir herüber.

„Das war ganz bestimmt mein letzter. Sonst komme ich morgen gar nicht hoch. Aber tanzen möchte ich schon noch mal. Wenn du nicht willst, ich bin noch mal los. Hör doch, es wird Oasis gespielt. Die finde ich total toll."

„Ich trinke mit den Jungs hier noch ein Bier", wiegelte ich ab mitzukommen. „Bis gleich."

Regina machte sich auf den Weg zur Tanzfläche und Boris drehte sich wieder zu mir um.

„Nicht schlecht, die Kleine. Wenn du nicht willst oder das mit euch nichts mehr wird, sag mir Bescheid. Ich könnte mir schon gut was mit der vorstellen."

„Ich auch", erwiderte ich forsch, obwohl ich mir bislang noch gar keine weiteren Gedanken darüber gemacht hatte. Zu oft tauchte Maria vor meinen Augen auf. Aber jetzt, wahrscheinlich durch den Alkohol bekräftigt, wurde mein Erobererinstinkt geweckt.

„Das wird nichts, Boris. Die hat mich für die Nacht schon zu sich nach Hause eingeladen."

„Kein Problem. Ich meinte ja nur. Aber du machst das schon. Erzähl mir später aber, wie es war."

Inzwischen hatten sich drei junge Mädchen, wahrscheinlich Praktikantinnen irgendeiner Plattenfirma, zu Olaf und Rick gesellt, denen Boris nun umgehend seine Aufmerksamkeit widmete. Ich schlenderte ein paar Schritte in Richtung Tanzfläche und entdeckte dort Regina, die sich mit zwei Typen, die ich vom Sehen aus dem Umfeld der Band kannte, zu den Klängen von Oasis amüsierte. Ich spürte ein leichtes Gefühl von Eifersucht in mir aufkommen, das ich aber umgehend zu unterdrücken versuchte. Stattdessen wollte ich lieber an Maria denken. Ob sie auch an mich dachte? Wahrscheinlich gerade nicht, denn sie würde im Bett liegen und schlafen. Wir hatten immerhin einen Werktag und bereits kurz vor zwei. Keine zwei Tage mehr, dann käme ihr Freund zurück und es würde sich zeigen, ob sie weiter mit ihm zusammen sein wollte oder ob ich mich ernsthaft um sie bemühen würde.

Das Lied war zu Ende und Regina schaute sich um. Sie entdeckte mich und kam direkt auf mich zu.

„Ich für meinen Teil habe jetzt wirklich genug. Die Party ist toll, aber mir reicht es. Ich muss auch an morgen früh denken. Wie sieht es mit dir aus?"
„Mir reicht es auch so langsam. Der letzte Wodka hat ganz schön reingehauen. Lange werde ich auch nicht mehr bleiben."

„Dann komm doch mit zu mir. Es ist ja nicht weit. Und so wird der schöne Abend noch einen würdigen Abschluss finden." Sie legte ihre Arme um meinen Hals und küsste mein linkes Ohrläppchen, eine ganz sensible Stelle bei mir. Ich konnte gar nicht anders, als zu nicken und auch sie am Ohr zu küssen. Dann fanden sich unsere Münder und wir küssten uns, während meine Hand langsam unter ihrem T-Shirt nach oben den verschwitzten Rücken hinaufwanderte.

Der Duschvorhang nervte. Ganz egal, wie ich mich auch drehen und wenden wollte, das hässliche Plastikteil klebte mir stets an Beinen, Armen und Rücken. Ich musste permanent aufpassen, in dieser Badewanne nicht auszurutschen. Und dann diese Wandfliesen, deren gelbe Farbe mir in den Augen wehtat. Vor zwanzig Jahren war das vielleicht mal der letzte Schrei, heutzutage gehört sie verboten. Und jede zweite Kachel war mit einem kleinen Aufkleber verziert. Hier ein Schmetterling, da ein Vöglein, daneben eine Katze und eine Wolke. So geschmacklos das auch war, es passte zu dem hässlichen grünen Vorhang wie die Faust aufs Auge. Wenigstens schien Regina ihrem Stil treu zu sein. Wenn man hier überhaupt von Stil sprechen konnte. Die Zweifel daran kamen mir heute Morgen schon in ihrem Schlafzimmer, in dem ich vor ungefähr einer Stunde aufgewacht war, als sich Regina gerade ankleidete und für die Arbeit zurechtmachte.

„Bleib ruhig noch liegen und schlaf dich aus. Ich muss allerdings los ins Büro", hatte sie mir zugerufen, als sie bemerkte, dass ich nicht mehr schlief. „Vielleicht können wir uns ja heute Abend sehen, wenn ich Feierabend mache. Ich habe dir jedenfalls meine Büronummer und die von hier zu Hause aufgeschrieben. Der Zettel liegt auf dem Stuhl dort bei deinen Sachen. Ruf mich doch später mal an und wir machen was aus." Sie plapperte wie ein Wasserfall, und das am frühen Morgen.

„Der Abend gestern war echt super. Das Konzert sowieso, aber erst recht die Party. Total toll, dass du mich da mitgenommen hast. Wenn ich das meinen Kolleginnen erzähle. Ich habe Die Geister kennengelernt und mit Boris Wodka getrunken. Wahnsinn! Ok. Ich muss dann mal. Ruf mich an, ja? Bis später. Küsschen." Sie beugte sich noch einmal zu mir herunter und küsste meine Stirn. Dann verließ sie das Schlafzimmer und einen Augenblick später hörte ich die Wohnungstür zuschlagen.

Wieder einschlafen wollte ich nicht mehr. Am liebsten wollte ich sofort hier weg. Warum war ich überhaupt mitgegangen? Da war mir das Hirn wohl wieder einmal in die Hose gerutscht. Der Alkohol, der Alkohol. Auf den konnte ich es ja schieben. Nachdem mich Regina gestern Nacht so direkt zu sich eingeladen hatte, ließ ich mich nicht weiter bitten und verließ mit ihr die Party, nachdem wir uns von Boris und dem Rest der Crew verabschiedet hatten. Draußen vor dem Schlachthof umarmte mich Regina und küsste mich erneut. Dann nahm sie meine Hand und zog mich hinter sich her durchs nächtliche München. Wir kamen an die Kapuzinerstraße und bogen in diese ein, um auf dem Weg zu ihr noch einen kleinen Abstecher zur Isar zu machen. Über die Wittelsbacherstraße gingen wir am Ufer entlang und genossen die Sommernacht. „Nicht nur ihr in Hamburg habt viel Wasser. Die Isar ist doch genauso schön wie die Alster", hatte Regina gesagt. Mir war ihre Meinung zu Deutschlands Flüssen zu diesem Zeitpunkt egal und ich stimmte ihr unmotiviert zu. Dennoch stellte ich fest, dass mir München in dem Moment sehr gut gefiel. Über die Fraunhoferstraße verließen wir das Isarufer und kamen zur Klenzestraße, wo Regina in einem Mietshaus aus der Nachkriegszeit lebte. Ihre Wohnung befand sich im dritten Stock und war mit ihren zwei kleinen Zimmern nicht gerade geräumig.

„Ich will erstmal duschen", hatte Regina bereits im Treppenhaus zu mir gesagt. „Vom Tanzen bin ich ganz verschwitzt. Du kannst gerne mitkommen."

Ohne eine Antwort abzuwarten zog sie mich in ihre Wohnung und begann mir die Kleider auszuziehen. Ich tat es ihr gleich und nach wenigen Augenblicken standen wir nackt voreinander. Sie hatte eine tolle Figur. Und ein Arschgeweih, wie ich feststellen musste, als sie sich umdrehte und zur Badezimmertür ging. Auch das noch, ein Arschgeweih! Ich schaute mich kurz im Korridor um und stutze ein weiteres Mal. Neben der Garderobe hing ein Poster von Take That. Oh je. Wo war ich hier nur hingeraten. Schnell versuchte ich mich auf Reginas knackigen Hintern zu konzentrieren und folgte ihr ins Badezimmer.

Als wir gemeinsam unter der Dusche standen, nervte mich der Vorhang zum ersten Mal. Wir küssten uns, seiften unsere Körper gegenseitig ein und klebten beide an dem blöden Teil fest. Verlegen lachte Regina und versuchte dieses abturnende Malheur zu überspielen. Sie streichelte meinen Schwanz und legte meine Hand auf ihre Muschi. Sofort fing sie an zu stöhnen und verdrehte die Augen. Dabei hatte ich doch noch fast gar nichts gemacht. Dann drehte sie das Wasser ab und stieg aus der Badewanne.

„Warte, ich hole uns Handtücher", sagte sie und verließ kurz den Raum. Was war das denn jetzt? Wieder so ein Abturner. Als sie zurück-kam, drückte sie mir ein großes, flauschiges Ikea-Handtuch in die Hand, damit ich mich ordentlich abtrocknen konnte.

„Das Laminat im Flur und im Schlafzimmer soll nicht nass werden, sonst kommt das hoch", entgegnete sie mir auf meine fragenden Blicke hin.

Im Schlafzimmer legten wir uns gleich aufs Bett und begannen wieder, uns zu küssen und zu streicheln. Sie küsste meinen Mund, meinen Hals, die Brust und den Bauchnabel. Dann rich-tete sie sich auf und drehte sich zum Nacht-tisch herüber, wo sie aus der Schublade ein Kondom herausholte, es auspackte und mir überstülpte.

„Los, jetzt fick mich", raunte sie mir zu und drehte sich auf den Rücken. Breitbeinig lag sie nun da. Irgendwie machte mich die ganze Nummer nicht wirklich an, aber meine Erektion reichte aus, um in sie einzudringen und in klas-sischer Missionarsstellung zu nehmen. Nach einigen Minuten zog ich meinen Schwanz her-aus, drehte mich zur Seite auf den Rücken und deutete ihr an, sich doch rittlings auf mich zu setzen, um in dieser Position weiter zu machen.

„Nein, das geht nicht", sagte sie. „Meine Knie tun mir dann immer sofort weh. Bleib du oben." Sie zog mich wieder auf sich und wir machten weiter wie zuvor.

Sie stöhnte laut und monoton und ich passte meine Stöße diesem Rhythmus an. Es wurde immer mechanischer und nach einigen weiteren Minuten spürte ich es kommen. Ich stieß noch ein wenig kräftiger zu, stöhnte auch kurz auf und ergoss mich ins Kondom. Danach küssten wir uns kurz und ich drehte mich von ihr herunter, zog das Gummi ab und seufzte. Vor meinem inneren Auge erschien Maria. Doch die lag gerade in Hamburg in ihrem Bett und ich in dem dieser Versicherungssachbearbeiterin mit dem Take That-Poster im Flur. Irgendetwas lief hier schief. Während ich darüber sinnierte, vernahm ich plötzlich ein leises Schnarchen neben mir. Regina schien direkt nach dem Akt eingeschlafen zu sein. Ich drehte mich von ihr weg auf die Seite und dachte weiter an Maria. Schuldgefühle kamen in mir auf, so als ob ich sie betrogen hätte und untreu gewesen wäre. Dabei war ich ihr doch zu nichts verpflichtet. Sie war es doch, die einen Freund hatte, den sie Donnerstag vom Flughafen abholen wollte. Trotzdem verschwand das Gefühl nicht. Ich malte mir aus, wie der Sex mit ihr wohl sein würde und bemerkte, wie ich erneut eine Erektion bekam. Darüber schlief ich dann aber auch langsam ein und hoffte auf wilde Träume, in denen Maria die Hauptrolle spielen würde.

Jetzt kämpfte ich also bereits zum zweiten Mal mit dem Duschvorhang. Ich drehte das Wasser ab und schnappte mir ein Handtuch. Damit das Laminat ja nicht nass wird, dachte ich und musste lachen. Im Schlafzimmer zog ich mich an und steckte mir den Zettel mit Reginas Telefonnummern in die Hosentasche. Der Wecker neben dem Bett zeigte halb zehn an und ich verließ die Wohnung.

An der Fraunhoferstraße hielt ich ein Taxi an und ließ mich zu meinem Hotel fahren. Wenn ich mich recht entsinnen konnte, musste ich bis elf Uhr das Zimmer geräumt haben.

An der Rezeption gab man mir meinen Schlüssel und fragte mich, ob ich meinen Aufenthalt verlängern oder gleich abreisen wollte. Ich überlegte kurz und sagte dann, dass ich nicht länger bleiben und nur meine Sachen abholen würde.

Im Zimmer setzte ich mich aufs Bett und überlegte, wie es denn nun weitergehen sollte. Auf jeden Fall wollte ich raus aus dieser Absteige. Aber wollte ich Regina später wiedertreffen? Wollte ich überhaupt noch in München bleiben? Oder war es an der Zeit weiterzureisen? Gestern fand ich die Idee an einen der Seen im Umland zu fahren doch sehr reizvoll. Jetzt dachte ich aber wieder an Maria und an Hamburg und bekam plötzlich so etwas wie Heimweh. Dabei war ich doch gerade erst den fünften Tag fort. Aber ich hatte mich verliebt. In eine Frau aus meiner Heimat. Das wurde mir gestern Nacht im Bett mit einer anderen erst richtig bewusst. Und zu dieser Frau in Hamburg wollte ich nun. Ich wollte Maria wiedersehen, sie in die Arme schließen und ihr meine Liebe gestehen. Ganz egal, was mit ihrem Freund sein würde. Was kümmerte mich der schon? Maria würde mich verstehen. Sie würde meine Liebe erwidern und eine glückliche Zukunft läge vor uns. Euphorie durchströmte mich. Es kribbelte unter meiner Kopfhaut.

Nachdem ich mein Zimmer bezahlt und das Hotel Milano verlassen hatte, steuerte ich auf den Hauptbahnhof zu. Ich wollte schauen, wann ein Zug nach Hamburg fahren würde. Ich war mir inzwischen über meine weiteren Pläne sicher. Was sollte ich auch alleine am Chiemsee? Dort würde ich doch nur an Maria denken und nicht wirklich zur Ruhe kommen.

Unterwegs hielt ich an einer Telefonzelle und wählte ihre Nummer. Ich musste sie jetzt unbedingt sprechen und ihr von meinen Plänen erzählen. Zum Glück nahm sie nach dreimaligem Läuten ab.

„Hallo Maria, hier kommt ein morgendlicher Gruß aus München. Wie geht es dir?"

„Mir geht es ganz gut. Ich habe fast zehn Stunden geschlafen. Jetzt sitze ich am Schreibtisch und versuche ein bisschen Ordnung in meine Uni-Unterlagen zu bringen. Und wie ist es dir gestern Abend in München ergangen?"

„Ich habe noch nicht einmal halb so viel geschlafen wie du, fühle mich aber dennoch gut." Meine Nacht mit Regina erwähnte ich lieber nicht und erzählte stattdessen nur vom Konzert und der anschließenden Party.

„Und dann habe ich mir gerade nach dem Auschecken im Hotel überlegt, dass ich zurück nach Hamburg fahre", schloss ich meinen Monolog ab. „Ich möchte dich gerne wiedersehen und habe ein wenig Sehnsucht nach Hamburg."

„Das freut mich zu hören. Du weißt aber, dass ich morgen erstmal mein Treffen mit Tillmann habe?"

„Natürlich. Da muss ich immer wieder dran denken. Und ich wäre dann sehr gerne in deiner Nähe. Vielleicht hast du ja nach dem Treffen das dringende Bedürfnis, mich zu sehen."

„Das kann sein. Vielleicht aber auch nicht. Ich weiß es einfach noch nicht. Mal sehen, wie das Wiedersehen ausfällt."

„Ich weiß. Aber das nehme ich in Kauf. Jedenfalls bin ich gerade auf dem Weg zum Bahnhof, um mich nach einem Zug nach Hause zu informieren. Mal schauen, wie die so fahren. Am besten melde ich mich wieder bei dir, wenn ich zu Hause angekommen bin. Wann willst du Tillmann denn morgen vom Flughafen abholen?"

„Sein Flugzeug landet mittags um eins. Dann will ich da sein und ihn treffen. Alles Weitere müssen wir sehen. Ich habe ja keine Ahnung, wie das Wiedersehen ausfallen wird."

„Gut, dann weiß ich Bescheid. Bis morgen Nachmittag werde ich bestimmt wieder in Hamburg sein und wenn du mich nach euerm Treffen sehen möchtest, stehe ich bereit." Ich hörte sie am anderen Ende der Leitung lachen. Es klang nicht gekünstelt, sondern gelöst und ein wenig erleichtert.

Wir verabschiedeten uns und ich setzte meinen Weg zum Bahnhof fort, wo ich bei der Reiseinformation erfuhr, dass abends um zehn ein Nachtzug direkt von München nach Hamburg fahren würde, wo er um acht Uhr in der Früh ankäme. Ich kaufte mir eine Fahrkarte und reservierte mir einen Platz in einem Liegewagenabteil. So würde ich hoffentlich die Fahrt über schlafen können und käme einigermaßen ausgeruht zu Hause an, um mich meinem Schicksal zu stellen.

Den Rest des Tages verbrachte ich damit, mir noch ein wenig von München anzuschauen, um mich abzulenken und die Zeit sinnvoll totzuschlagen. Wirklich einlassen konnte ich mich aber nicht mehr auf die Stadt. Meine Gedanken kreisten zu sehr um mein Wiedersehen mit Maria. Was konnten da alle Sehenswürdigkeiten der Welt schon ausrichten? Die Feldherrnhalle, die Leopold- und Maximilianstraße, der englische Garten, das Hofbräuhaus und nicht zuletzt noch einmal die Isar mit ihren einladenden Auen, wo ich mich am Nachmittag für ein paar Stunden niederließ und das schöne Wetter genoss. Kurz überlegte ich, Regina anzurufen und ihr von meiner Abreise zu berichten, befürchtete aber, dass sie mich umstimmen oder zumindest noch einmal sehen und verabschieden wollte. Und genau das wollte ich nicht. Also verwarf ich den Plan schnell wieder.

Am Abend kehrte ich noch im Fraunhofer zum Essen ein. Ein altes Traditionswirtshaus in der Fraunhoferstraße, wo ich noch einmal ein zünftiges bayerisches Mahl zu mir nahm. Die Ochsenfetzen schmeckten köstlich, das Weißbier erfrischte mich gut. Eine gute Grundlage für die Heimreise. Der Gastraum war gut besucht, fast alle Tische besetzt. Es war laut und trubelig. Die Kellnerinnen hatten gut zu tun, um allen Bestellungen nachzukommen. Hier war es genau richtig, um ein wenig Zerstreuung zu finden und nicht ununterbrochen an Maria und den morgigen Tag denken zu müssen.

Gegen neun Uhr kam ich am Hauptbahnhof an und wartete am Gleis auf meinen Zug, der kurz danach bereits einfuhr. Zwar hatte ich bis zur Abfahrt noch genügend Zeit, doch ich bezog schon mal meinen Liegeplatz und machte es mir dort bequem. Ich teilte mir das Abteil mit zwei weiteren Herren, einem Geschäftsmann aus Kiel, der sich direkt, nachdem wir uns vorgestellt hatten, seinem Aktenkoffer und dessen Inhalt widmete, und einem Rucksacktouristen aus Spanien, der völlig übermüdet auf seine Liege fiel und kurz danach eingeschlafen war.

Ich las noch ein wenig in Kafkas „Das Urteil", dachte an Prag und Jakub, die Wassermänner und verwunschenen Seelen, den Hradschin und die Karlsbrücke und registrierte nebenbei, dass der Zug losgefahren war und wir München verließen. Wir hatten die Stadtgrenze noch nicht erreicht, da kam bereits ein Kontrolleur, ließ sich unsere Tickets zeigen und wünschte eine angenehme Reise. Wenig später war ich eingeschlafen und träumte mich schon einmal zu Maria.

Von meinen früheren Interrail-Reisen wusste ich noch, dass es sich in Zügen nicht besonders gut schlafen ließ. In dieser Nacht aber ruhte ich wie in Abrahams Schoß. Die alkoholreichen letzten Tage und Nächte forderten ihren Tribut und ich entrichtete diesen gerne. Als ich einmal aufwachte und aus dem Fenster schaute, stand der Zug gerade in Würzburg, wo ein paar Fahrgäste aus- und einstiegen. Beim nächsten Mal, als ich die Augen öffnete, rauschten wir durch unbebaute Weiden und Wiesen und ich glaubte, darin die Lüneburger Heide zu erkennen. Das dritte Mal wachte ich auf, weil meine beiden Mitreisenden ihre Sachen zusammenpackten und sich für ihre Ankunft in Hamburg bereitmachten. Die Fahrt war wie im Fluge vergangen und ich war gleich zu Hause. Hamburg, meine Heimat. Ich schaute aus dem Fenster und sah den Containerhafen. Wir fuhren über die Elbbrücken, an den Deichtorhallen vorbei, in den Hauptbahnhof ein.

„Und jetzt bist du also extra früher zurückgekommen, um die Frau wiederzusehen?" Mein Mitbewohner Udo schaute mich ungläubig an. Er wickelte sich eine Strähne seines Irokesenkamms um Daumen und Zeigefinger der linken Hand. Mit der rechten schüttete er sich einen Schuss Rum in den Kaffee und deute an, es bei meinem gleichzutun. Ich schüttelte den Kopf und Udo stellte die Flasche wieder ab.

„Das hätte ich nicht gemacht, sondern lieber noch ein bisschen Urlaub. Die rennt dir doch nicht weg. Und wenn doch, dann zurück zu ihrem Freund. Da kannst du eh nicht viel ausrichten. Aber gut, du wirst schon wissen, was du da machst."

Udo und ich saßen am Küchentisch unserer WG in einem Wandsbeker Hochhaus und tranken Kaffee. Im Schnelldurchlauf hatte ich ihm von meinem Trip nach München, dem Konzert, der Party, der Nacht mit Regina und meiner Sehnsucht nach Maria erzählt, die mich nun wieder nach Hause getrieben hatte.

„Ich musste zurück nach Hamburg kommen. Irgendwie fühlt sich das richtig an. Ich habe das Gefühl, dass ich es bereuen würde, wenn ich morgen nicht da wäre, nachdem sie sich mit ihrem Freund getroffen hat."

„Wenn sie dich dann überhaupt sehen will. Vielleicht bleibt sie gleich bei ihrem Freund und lässt dich sitzen."

„Darauf lasse ich es ankommen", gab ich mich forsch. „Falls es so kommen sollte, kann ich mich immer noch in den nächstbesten Zug setzen und wieder aus Hamburg verschwinden."

„Da kann ich dir dann ja nur viel Glück und Erfolg wünschen. Möge dir das Schicksal wohlgesonnen sein." Udo schenkte sich noch einen Schuss Rum ein. Dieses Mal deutete ich ihm an, nun auch einen zu wollen.

Als ich Marias Nummer wählte, stellte ich fest, dass ich sie schon fast auswendig konnte. Es war halb elf und ich dachte mir, sie müsste wohl noch zu Hause und nicht schon zum Flughafen aufgebrochen sein.

„Hallo, hier ist Judith", meldete sich ihre Mitbewohnerin wie schon bei meinem ersten Anruf vor drei Tagen aus Prag. Ich begrüßte sie und fragte nach Maria.

„Die ist ziemlich im Stress, aber ich hol sie dir eben ans Telefon. Warte.“

Ich hörte, wie Judith den Hörer ablegte und davonging. Eine Tür wurde geöffnet und wieder geschlossen. Warten. Dann öffnete jemand die Tür wieder und kam zum Telefon.

„Na du, wieder in Hamburg?“, hört ich Marias Stimme. „Ich habe verschlafen und mache mich gerade fertig, um zum Flughafen zu fahren.“

„Ich habe den Nachtzug genommen und bin heute früh angekommen. Und jetzt möchte ich dich so gerne wiedersehen.“ Ich schluckte. Und wartete auf eine Reaktion.

„Das klappt nicht mehr. Ich muss gleich los.“

„Aber danach. Wenn du dich mit Tillmann getroffen hast. Dann will ich dich sehen.“

„Ich weiß doch noch gar nicht, wie das Treffen wird. Lass mich das erst einmal hinter mich bringen. Dann sehen wir weiter.“

„Kann ich nicht mit Judith bei euch zu Hause auf dich warten? Wenn du zu Tillmann fährst und bei ihm bleiben willst, ruf Judith an und sag Bescheid. Dann verschwinde ich. Und wenn du nicht bei Tillmann bleiben willst, sondern lieber mich wiedersehen möchtest, kommst du einfach heim.“

„Meinst du, das wäre gut? Ich weiß nicht. Aber wenn ich anrufe und Bescheid gebe, dass ich zu Tillmann fahre oder mit ihm nach Hause komme, verschwindest du. Ich glaube nicht, dass ich ihm gleich von uns erzählen werde und möchte daher nicht, dass ihr euch über den Weg lauft.“

„Versprochen. Dann bin ich weg. Wenn du allerdings alleine zurückkommst, werde ich für dich da sein."

„Na gut. Aber vor drei musst du auf keinen Fall hier sein. Oh man, worauf lasse ich mich da denn jetzt ein! Gut, ich spreche mit Judith und sage ihr, was Sache ist. Die weiß eh schon von dir und über uns Bescheid."

„Ich warte auf dich und wünsche mir, dass du dich richtig entscheidest."

„Du machst es mir echt nicht leicht. Also vielleicht bis später." Sie legte auf.

Mit Judith hatte sie also schon über uns gesprochen. Das hieß ja, dass es ihr wichtig war. Ansonsten hätte sie doch einen Haken hinter unsere Geschichte gemacht und nicht weiter darüber gesprochen. Das hatte sie aber gemacht. Ich wertete das als sehr positives Zeichen.

Seit zwei Stunden hockte ich nun in der Küche von Maria und Judith und starrte vor mich hin. Zwar hatte ich den Kafka mitgenommen, um mir die Wartezeit zu verkürzen, konnte mich aber überhaupt nicht darauf konzentrieren und ließ die vergeblichen Versuche bald sein. Nebenan saß Judith in ihrem Zimmer und grübelte über ihrer Examensarbeit. Sie hatte mich um halb vier hereingelassen und sich kurz mit mir in der Küche unterhalten. Dann ließ sie mich mit einem Verweis auf ihr Examen alleine.

Bislang hatte Maria nicht angerufen. Ein gutes Omen? Je mehr aber die Zeit verstrich und je später es wurde, desto mehr Zweifel kamen mir. Vielleicht war sie mit zu ihrem Freund gefahren und hatte mich hier völlig vergessen. Wie lange sollte ich warten ohne ein Zeichen von ihr? Ich könnte ja nicht bis in die Nacht hier sitzen bleiben.

Um kurz vor sechs hörte ich, wie jemand die Wohnungstür aufschloss. Mein Herz schlug mir bis zum Hals. Als sich die Tür öffnete, hörte ich Marias Stimme.

„Hallo, da bin ich wieder. Ist wer zu Hause?"

Ich sagte erstmal nichts und wartete ab. Judith kam aus ihrem Zimmer und begrüßte ihre Mitbewohnerin.

„Du hast noch Besuch in der Küche", hörte ich sie sagen.

Ich schaute auf und sah Maria die Küche betreten. Sie sah erschöpft aus, war dabei aber wunderschön.

„Hast du so lange auf mich gewartet?" Sie blieb in der Tür stehen und ich hörte, wie sich Judith in ihr Zimmer zurückzog.

„Das habe ich doch gesagt. Wie geht es dir? Wie war dein Treffen?"

Maria zog ihre Jacke aus, hängte sie über einen Stuhl, schloss die Küchentür und setzte sich zu mir an den Tisch. Sie seufzte.

„Das war alles nicht so leicht. Ich habe mich schon sehr gefreut, als er da wieder vor mir stand. Wir sind dann auch gleich zu ihm gefahren und im Bett gelandet."

Das versetzte mir einen Stich. Sie war mit ihm Bett gelandet? Damit hatte ich jetzt nicht gerechnet. Aber was hatte ich denn letzte Nacht getan? Ich war auch mit einer anderen Frau im Bett.

„Es war ein Fehler", fuhr Maria fort. „Ich habe gleich gemerkt, dass es sich falsch anfühlt. Und ihm ging es genauso." Sie stockte. „Die ganze Zeit habe ich nur an dich denken müssen. Das haute einfach nicht hin. Nachdem wir uns dann wieder angezogen hatten und bei einem Bier in der Küche saßen, sagte mir auch Tillmann, dass er jemanden kennengelernt hätte. Eine Berliner Kollegin, die nächsten Monat zurück nach Deutschland kommen würde. Da habe ich ihm dann auch von dir und mir erzählt und irgendwie schien uns beiden ein Stein vom Herzen zu fallen. Die Fronten waren geklärt. Ich bin wieder zu haben." Sie lächelte unsicher und erhob sich. Auch ich stand auf und trat auf sie zu. Wir schlossen uns in die Arme und ich schaute in ihre Augen. Maria strahlte mich an. Mir wurde schwindelig und auch Maria zitterte ein wenig. Ich hielt sie fest und küsste sie. Meine grüne Fee.

Outro

Die Sonne spiegelte sich in den leichten Wellen der Elbe. Wie kleine Kristalle blitzten die Strahlen im Wasser. Es war ein wunderschöner Freitagmorgen. Wir saßen auf dem Ponton des Fähranlegers am Fischmarkt und ließen die Beine über der Gischt baumeln. Jeder von uns hielt ein Fischbrötchen in seiner Hand. Das Plätschern war beruhigend. Über uns kreisten zwei Möwen und schrien um die Wette. Von Blohm & Voss auf der gegenüberliegenden Seite des Flusses drang das Hämmern und Bohren der Maschinen herüber. Ein leichter Wind wehte uns von Seeseite um die Nase. Der Hafen und das Fernweh. Wir saugten die Romantik des Augenblicks in uns auf. Ein riesiges Containerschiff, flankiert von zwei Lotsenbooten, schob sich majestätisch an uns vorbei der Nordsee entgegen. Ein paar Schritte neben uns warf eine ältere Dame mit ihrer Enkeltochter Brotstückchen ins Wasser, die Enten, Möwen und sogar einen Schwan anlockten. Das Kind juchzte vor Freude. Durch die nachziehenden Wellen des Containerschiffes begann der Ponton zu schwingen. Wir lachten und hielten uns bei den Händen. Die Turmuhr des Michels schlug in der Ferne elf Mal. Hamburg, was bist du doch für ein schöner Ort! Vor allem, wenn man nicht alleine sein muss.

„Ein bisschen wie in Prag am Ufer der Moldau. Nur ohne Gespenster", sagte ich zu Maria.

„Stimmt. Aber jetzt lass uns mal losziehen. Ich würde gerne noch mit dir ins Museum für Hamburgische Geschichte. Da ist gerade eine neue Ausstellung über die Folter im Mittelalter angelaufen."

An keinen Ort der Welt wollte ich in diesem Moment gehen. „Auf geht's. Das schauen wir uns mal an."

- Ende -

Ich danke Astrid Lukas für das Lektorat, Thorsten Spitz und für die Gestaltung, Tim Groothuis für das Portraitfoto, Sven Dannenberg für die stetige Unterstützung, Fidel Bastro und Bela B. für das „Goldfisch"-Hörbuch und allen, die mich auf meinem bisherigen Weg durch die Welt der Literatur begleitet haben und mir Autorenlesungen, Radiobesuche, Interviews und zahlreiche andere aufregende Veranstaltungen ermöglichten.

Die Geschichte ist natürlich frei erfunden und Ähnlichkeiten zu lebenden oder toten Personen sind rein zufällig.